血戦

用心棒 椿三十郎

鳥羽亮

時代小説文庫

角川春樹事務所

目次

血戦

用心棒　椿三十郎

第一章　天衝《てんしょう》の構え

1

……暑いな。

椿三十郎《つばきさんじゅうろう》は、首筋につたう汗をうす汚れた手ぬぐいで拭《ふ》きながら、急坂のつづく峻険《しゅんけん》な峠を歩いていた。街道の左右は鬱蒼《うっそう》とした杉や檜《ひのき》の針葉樹の森がつづき、息苦しいほどの深緑につつまれている。ときおり、折り重なった葉叢《はむら》の間から蔵王《ざおう》連峰とその先の陸奥《むつ》の山々の稜線《りょうせん》がかすんだように見えた。

そこは羽州街道から分岐した津崎街道《つざきかいどう》と呼ばれる脇街道で、三十郎がいま歩いている峠は猿渡《さるわたり》と呼ばれていた。土地の者によると、ときおり猿の群れを見かけることから付けられたとか。この猿渡峠を越えると出羽国、垣崎《かきざき》藩七万五千石の城下へ出るはずである。

なお、羽州街道は奥州街道の桑折宿《こおりじゆく》から七ケ宿街道《しちかしゆくかいどう》を経て、日本海側へ通じる街道である。

三十郎は奥州街道を当てもなく流れ歩いていたが、連日つづく猛暑にうんざりして北国へでも行ってみようと奥州街道を北にむかって旅してきた。そして、白河宿まで来たとき、垣崎藩の領内では、このところ連日のように紅花《べにばな》を売買する紅市《べにいち》がたっているという話を聞き込み、白河宿の先の桑折宿から羽州街道へ出て、さらに津崎街道へ足をむけたのである。

絹市や紅市がたつと百姓や取引する商人はうるおい、宿場や城下に金が落ちて活気づく。当てのない旅をつづけている三十郎は、すこしでもおこぼれにあずかれれば、と思ったのである。

三十郎は見るからにむさい格好をしていた。顔は赭黒《あかぐろ》く陽に灼《や》け、無精髭《ぶしょうひげ》が伸び、総髪を無造作に結っている。黒の単衣《ひとえ》は襟元《えりもと》が汗でひかり、羊羹色《ようかんいろ》の袴《はかま》の裾《すそ》は所々裂けていた。拵《こしら》えの粗末な黒鞘《くろざや》の大小を腰に帯び、紺足袋《たび》に草鞋《わらじ》履きである。

三十郎は憮然《ぶぜん》とした顔で歩いていた。涼をもとめて遠方の地まで旅してきたはずなのに、涼しいと思っていた山間《やまあい》の道は急坂のつづく難所で、全身汗まみれになっていたのだ。

　ときおり、振り分け荷物を肩にした商人ふうの男や駄馬を引く馬子などが通り、一目で貧乏浪人と分かる三十郎に、胡散臭《うさんくさ》そうな目をむけて追い越していく。旅人や馬子の多くは、垣崎藩の城下へむかうらしい。

　風のない静かな日だったが、山間の街道は物音に満ちていた。鳥や蟬《せみ》の声、それに街道沿いを流れる小川の音などが絶えず聞こえてくる。

　猿渡峠を越えると、街道はなだらかな下り坂になった。道幅もすこしひろくなり、歩きやすかった。心なしか、林間の大気が涼を増したように思われ、汗ばんだ肌にしみるようであった。

　しばらく歩くと一段と道はなだらかになり、針葉樹からぶな林になり、さらに櫟《くぬぎ》、栗などの雑木林に変わった。山裾に近付いたせいか、一段と蟬の声がやかましくなった。

　……あれが、垣崎城下か。

　広葉樹の深緑の間から、夏の陽射しのなかに町割りされた家並や道筋、田畑、蛇行する川の流れなどが見えた。

　三十郎の足が速くなった。歩きやすかったこともあるが、腹が減っていたのである。垣崎城下へ行ってからと思い、弁当を用意しなかったが、すでに八ツ（午後二時）を過ぎていた。

そのとき、背後で複数の足音がした。振り返って見ると、武士ふたりと女がひとり慌てた様子で走ってくる。三人とも旅装だった。若い藩士と武家の娘といった感じである。長旅だったらしく、三人の旅装束《しょうぞく》は汗と埃《ほこり》にまみれていた。

三人はこわばった顔で荒い息を吐き、三十郎の脇をすり抜けていった。三人が三十郎の前に出たとき、さらに背後で数人の足音がし、待て！　という男の声が聞こえた。

どうやら、三人は追われているらしい。

追っ手は五人いた。武士である。小袖《こそで》にたっつけ袴、大小を帯び、足元を武者草鞋でかためていた。いずれも殺気立ち、剽悍《ひょうかん》そうな顔付きをしていた。

「素浪人、どけ！」

追っ手のひとりが三十郎の脇をすり抜けざま、肩先で突き飛ばした。傲岸《ごうがん》な態度である。大柄で赤ら顔、眉の濃い三十がらみの男だった。

「無礼なやつらだ。ここは、天下の大道だぞ。追い越したければ、脇を通れ」

三十郎は毒突いたが、追っ手の五人は振り返りもしなかった。

追っ手と逃げる三人との間がしだいにつまっていく。ふたりの武士は追っ手から娘を守るように背後を走り、ときどき振り返って追っ手に目をむけていた。

とそのとき、娘が悲鳴を上げて、前につんのめった。爪先を何かにひっかけたらしく、地面に両手と膝《ひざ》をついて体をささえた。娘はすぐに立ち上がったが、五人の追っ手は背後に迫っていた。

これ以上、逃げられないとみたのか、ふたりの武士はきびすを返し娘の前に立って抜刀した。

「千勢《ちせ》どの、われらが追っ手を食いとめます。城下まで、逃げてくれ！」

娘の前方右手に立った長身の武士が叫んだ。娘は千勢という名らしい。

もうひとりの中背の武士は、左手に立ち青眼《せいがん》に構えた。この男も必死の形相《ぎょうそう》で、千勢を守ろうとしていた。

だが、千勢と呼ばれた娘は逃げなかった。目をつり上げ、迫ってくる追っ手を睨《にら》むように見すえ、懐剣を抜いて身構えた。多少小太刀《こだち》の心得があるのか、懐剣を構えた姿は様《さま》になっていた。

五人の追っ手はばらばらと駆け寄り、三人を取り囲んだ。

「殺《や》れ！」

大柄で赤ら顔の男が、声を上げた。この男が、五人の頭格らしい。

その声を合図に、五人の男がいっせいに抜刀した。構えは、いずれも八相だった。

刀身を立て、切っ先を天空に向けて高く構えている。

街道は雑木林の深緑につつまれていた。その緑陰のなかで、男たちの白刃《はくじん》が緑を映してにぶくひかっている。

……妙だな。

と、三十郎は思った。

三人を取り囲んだ武士たちは、五人とも同じように八相に構えていた。それに、八相にしては構えが高く、刀身を垂直に立てていた。しかも、身構えに斬撃《ざんげき》の気がみなぎり、いまにも斬り込んでいきそうな気配なのだ。通常、八相の構えは陰《いん》の構えとも言われ、攻撃の構えではなく、相手の動きを見て攻撃する待ちの構えなのである。

五人の武士は特異な刀法を身につけた集団なのかもしれない。

取り囲んだ五人の武士と娘たち三人との間合は、三間の余あった。まだ、斬撃の間からは遠い。

イエエッ！

突如、喉《のど》を裂くような甲高《かんだか》い気合が山間の静寂を切り裂いた。

追っ手のひとりが、長身の武士にむかって気合を発しざま、すばやい摺《す》り足《あし》で一気に間合をつめていく。

つづいて、左手から別の男が同じような気合を発して身を寄せていった。さらに、正面からもうひとり、イエェッ！　という甲高い気合を発し、摺り足で迫っていく。五人の追っ手の気合が、猿声《えんせい》のように山間にひびき渡った。

三十郎の目に、五人の追っ手が連携して動いたように見えた。

「千勢どの、逃げろ！」

叫びざま、長身の武士が迫ってくる追っ手のひとりに踏み込んだ。迎え撃つつもりらしい。

千勢は背後の雑木林の方へ後じさりしたが、逃げなかった。必死の形相で、懐剣を構えている。

右手から迫った追っ手は一気に斬撃の間境を越えると、そのまま長身の武士の真《ま》っ向《こう》へ斬り込んだ。気攻めも牽制《けんせい》もない唐突な仕掛けである。たたきつけるような斬撃だった。

一瞬、長身の武士が刀身を振り上げ、横一文字に受けた。重い金属音がひびき、長身の武士の腰が沈み、体勢がくずれた。追っ手のふるった剛剣に押され、腰がくだけたのである。

が、身を引いてすばやく体勢をたてなおした長身の武士は、右手から斬り込んできた追っ手に刀を振り上げて踏み込んだ。

と、正面から間合をつめた追っ手が、いきなり長身の武士へ斬り込んだ。膂力《りょりょく》のこもった剛剣である。

その斬撃が、長身の武士の肩口をとらえた。武士は呻《うめ》き声を上げてのけぞり、胸のあたりから血が驟雨《しゅうう》のように噴出した。鎖骨が截断《せつだん》され、心ノ臓まで斬り下げられたらしい。凄《すさ》まじい斬撃である。

長身の武士が路傍に倒れたのを見た赤ら顔の武士は、

「女も斬《き》れ！」

と低い声で命じて、すこし身を引いた。自分が刀をふるうまでもないと思ったようだ。

四人の追っ手は、中背の武士と娘を取り囲み、高い八相に構えたまま間をつめていく。獲物を取り囲んだ狼の群れのようである。

……見ちゃァいられねえな。

三十郎はそうつぶやくと、両袖をたくし上げて駆けだした。

2

突然、飛び込んできた三十郎に、五人の武士は驚いたような顔をして動きをとめ、闖入者《ちんにゅうしゃ》に視線を集めた。

「なんだ、きさま！」

赤ら顔の男が、怒りをあらわにして怒鳴った。

「たまたま通りかかっただけだ」

三十郎は平然として言った。

ただ、左手で刀の鯉口《こいぐち》を切り、右手は柄《つか》に添えていた。相手がいつ斬り込んできても対応できるよう居合の抜刀体勢を取っていたのである。

外見はうらぶれた浪人《ろうにん》だが、三十郎は田宮流居合と神道無念流《しんとうむねんりゅう》の手練《てだれ》であった。

父親は大身《たいしん》の旗本だったが、三十郎は妾腹《しょうふく》の子だった。父の名は椿平右衛門《へいえもん》。二千石を食《は》んでいたが、小普請である。

平右衛門は世間体をはばかり、三十郎を屋敷に引き取らなかった。その代わり、剣で身を立てさせてやりたいと考えたらしく、三十郎が十歳になると田宮流居合の道場に通わせてくれた。さらに十二歳で元服すると、神道無念流も修行させたのである。

剣の天稟《てんぴん》があったのか、二十歳を過ぎるころになると、三十郎は居合と剣術の出色の遣《つか》い手《て》となっていた。

その後、三十郎は人を斬り、江戸に居られなくなって関八州の街道筋を流れ歩くようになった。そして、剣客と立ち合ったり、食うために道場破りをしたり博奕《ばくち》打ちの用心棒をしたり、多くの修羅場をくぐって生きてきた。そうした実戦のなかで、人を斬る呼吸や駆け引きも身につけてきたのだ。

「いらぬ邪魔だてすると、命はないぞ」

赤ら顔の男が恫喝《どうかつ》するように言った。

「どうかな。命を落とすのはそっちかもしれねえぜ」

三十郎は、武士らしからぬ伝法《でんぽう》な物言いをした。街道を流れ歩くうち、博奕打ちや無宿者などの言葉遣いが身についたのかもしれない。

「面倒だ、この男も斬れ！」

赤ら顔の男が吐き捨てるように言った。

その声で、四人の男たちの間に緊張がはしり、斬撃の間合を取るためにいっせいに動いた。

「よせばいいのに」

そう言った瞬間、三十郎の体が沈んだ。居合腰である。

刹那《せつな》、三十郎の上半身が伸びたように見え、腰元から閃光《せんこう》が疾《はし》った。

次の瞬間、軽い骨音とともに三十郎の正面にいた追っ手の首がかしぎ、首根から血《ち》飛沫《しぶき》が噴いた。三十郎の抜きつけの一颯《いっさつ》が、首をとらえたのである。

男は血飛沫を撒きながらよろめき、前につんのめるように倒れた。男は地面に伏臥《ふくが》したまま四肢《しし》を動かしたが、悲鳴も呻き声も聞こえなかった。首筋から流れ落ちた血が地面を打っていた。その音がかすかに聞こえただけである。

三十郎の動きはそれでとまらなかった。飛鳥《ひちょう》のように反転すると、左手にいた追っ手の脇をすり抜けざま《ま》胴を払っていた。一瞬の流れるような体捌《たいさば》きである。

常人には二度閃光が見えただけで、三十郎の体捌きも太刀筋も見えなかったであろう。この迅《はや》さと流れるような体捌きが三十郎の剣である。田宮流居合と神道無念流から会得《えとく》したものである。

胴を深く抉《えぐ》られた男は腹を押さえ、低い呻き声を上げながら後じさった。押さえた手の下から、臓腑《ぞうふ》がのぞいている。

三人の追っ手は驚愕《きょうがく》に目を剝《む》いて、後じさった。予想もしなかった三十郎の神速の太刀捌きに度肝を抜かれ、恐怖にかられたようだ。

だが、三人がわれを失っていたのは、ほんの一瞬だった。

「うぬは何者だ」

赤ら顔の男が、けわしい顔で誰何《すいか》した。

「見たとおりの素浪人だよ」

三十郎は、口元にうす笑いを浮かべ、まだ、やるかい、と言って、切っ先を赤ら顔の男にむけた。

そのふてぶてしさに気圧《けお》されたのか、赤ら顔の男は、

「引け！」

と、叫びざま反転した。他のふたりも、きびすを返して走り出した。

逃げ足は速かった。三人は垣崎城下の方へ下って行ったが、街道が蛇行しているためすぐに見えなくなった。

「かたじけのうござる」

中背の武士が、三十郎に近寄って声を震わせて言った。まだ、気が昂《たかぶ》っているらしい。二十二、三歳だろうか。藩士のようだがまだ若く、強い目差《まなざし》には少年らしい一途《いちず》さが感じられた。

「気にするな。おれは、あの手のやつらが好かぬだけだ」

そう言って、三十郎は納刀すると、手の甲で首筋の汗を拭きながら歩き出そうとした。

「お待ち下さい」

千勢が三十郎の前に走り出た。

「お、お名前を、お聞かせください」

千勢が、切羽詰まったような声で言った。

あらためて見ると、歳《とし》のころは十六、七。色白で切れ長の目、ひきしまった唇、美形だが、その顔には長旅の疲労と憂慮《ゆうりょ》の翳《かげ》があり、若い娘らしい色香や溌剌《はつらつ》さが感じられなかった。

「おれの名か……」

三十郎は逡巡《しゅんじゅん》した。椿の姓だけは伏せておきたかったのである。

そのとき、三十郎の目の前の雑木林のなかに、太い栗が枝葉を茂らせているのが見えた。

「おれの名は、栗林《くりばやし》三十郎」

三十郎がもっともらしい顔をして言った。

「栗林さま……」

千勢は困惑したように眉宇《びう》を寄せた。三十郎が口にしたのは、目の前の栗の木を見て咄嗟《とっさ》に思いついた偽名だと察したようだ。

「まァ、名前など、どうでもいい」

「でも、何とお呼びすれば」

千勢が三十郎を見つめて訊《き》いた。

「三十郎と呼んでくれ」

そう言って、三十郎は顔をしかめた。どうも、若い娘に見つめられるのは苦手である。

「三十郎さま、お願いがございます」

千勢が言った。

「何だ」

「お見かけしたところ、垣崎城下へむかわれるようですが、わたしたちと同行していただけませぬか」

千勢がそう言うと、かたわらに立っていた中背の武士が、それがしからもお頼みいたします、と言って頭を下げた。

「うむ……」

どうやら、ふたりは三十郎に護衛を頼みたいらしい。この場から去っていった赤ら顔の男を頭格とする三人に、ふたたび襲われるとみているのであろう。

「三十郎さま、わたしどもをお助けください」

千勢が哀願するような目で三十郎を見つめて言った。

「ふたりは、垣崎城下の者か」

三十郎が訊いた。

「は、はい……」

「ならば、城下のことはくわしいな。……おれは、めしが食いたい。城下へ入ったら、すぐにめしの食えるところに連れていってくれ」

三十郎が首筋の汗を手の甲でぬぐいながら言った。

一瞬、千勢は戸惑うような顔をして三十郎の顔を見たが、すぐに城下まで同行してもよいという意味であることに気付き、

「分かりました。すぐに、ご案内いたします」

と言って、かすかに笑みを浮かべた。それが三十郎に初めて見せた千勢の娘らしいやわらかな表情だった。

3

街道を垣崎城下へむかいながら、ふたりが話したところによると、中背の武士の名は、寺田《てらだ》仙九郎《せんくろう》、斬殺《ざんさつ》された長身の武士は福島与次郎《ふくしまよじろう》。ふたりとも江戸勤番の垣崎藩士だったという。千勢、寺田、福島の三人は、使者として江戸から垣崎城下へもどる途中とのことだった。

「三人とも、使者か」

三十郎が訊いた。

藩命にしては妙だった。寺田と福島のふたりなら分かるが、女の千勢が使者にくわわっているのは解《げ》せない。

「それがしの口からは言えませんが、藩内に騒動があり、千勢どのの所縁《ゆかり》の者が捕らえられ、そのことを国許《くにもと》に報《し》らせるため、われらは急遽《きゅうきょ》江戸を発《た》ったのでございます」

寺田が遠回しにそう言うと、千勢が、

「捕らえられたのは、わたしの兄、工藤伸八郎《くどうしんぱちろう》にございます」

と、言い添えた。

工藤家は三百石の家柄で、大目付の要職にあったという。なお、垣崎藩には大目付が三人おり、工藤は国許にいたが、一年ほど前に江戸勤番を命じられ、江戸にいたそうである。また、千勢は藩主の西尾佐渡守重長《にしおさどのかみしげなが》が病気がちだったため、身辺の世話をするように江戸藩邸の奥女中に召し出されて江戸に出ていた。ただ、藩主の重長は現在参勤を終えて国許にいるという。

「わたしは江戸の御家老さまの許しを得て、国許へ知らせる使者にくわえていただいたのです」

千勢がけわしい顔で言った。

三十郎は、工藤が何の罪で捕らえられたのかは訊かなかった。藩の騒動ということであれば、それにかかわって捕らえられたことは想像できたからである。

「さきほど、襲ってきた五人は?」

三十郎は気になっていたことを訊いた。

「われらを討つため、国許から差し向けられた討っ手にございます」

池田が言った。

「垣崎藩の者か」

「はい、中老根岸源太夫《ねぎしげんだゆう》の手の者にございます」

寺田によると、いま垣崎藩は世継ぎをめぐり二つに割れて対立しているという。それ以上詳しいことは言わなかったが、中老の根岸を呼び捨てたことからみて、千勢や寺田は根岸に対立する一派なのであろう。

三十郎も、それ以上訊くつもりはなかった。大名家の世継ぎをめぐる内紛などに首をつっ込むつもりはなかったからである。

「五人とも同じような構えをしたが、同門の者たちか」

三十郎は、同じ流派を修行した者たちではないかと思ったのだ。

「はい、あれは鬼頭流《きとうりゆう》の天衝《てんしよう》の構えです」

「鬼頭流とは？」

初めて耳にする流派だった。

「領内に古くから伝わる土着の剣で、城下に道場があります」

寺田によると、軽格の家臣、足軽、郷士《ごうし》の子弟などが主に入門し、稽古《けいこ》に励んでいるという。

「天衝の構えとは」

「天を切っ先で衝《つ》くごとく高く構え、一気に斬撃の間に踏み込んで斬り込む必殺の構えだそうです」

「なるほど」

薩摩《さつま》にひろまる示現流《じげんりゅう》に似た構えらしい。

三十郎は長年街道筋を流れ歩いていたこともあって、示現流の遣い手とも立ち合ったことがあったのだ。あるいは薩摩で示現流を学んだ者が鬼頭流なる流派を興し、垣崎藩の領内にひろめたのかもしれない。

「あの赤ら顔の男は」

「鬼頭道場の高弟のひとり、土屋権之助《つちやごんのすけ》です」

「いっしょに襲った四人は、鬼頭道場の門弟だな」

「はい、道場主の鬼頭兵右衛門《ひょうえもん》が根岸に与《くみ》しているのです」

そう言った寺田の顔に、憎悪の表情が浮いた。根岸や鬼頭一門に強い憎しみを持っているようだ。

そんな話をしているうちに街道は山裾の雑木林のなかを抜け、田畑のつづく丘陵地に出ていた。その先には家屋敷がびっしりと並び、夏の陽射しのなかに群生する貝のように累々とつづいていた。垣崎藩城下の町並である。

近くで、川の瀬音が聞こえた。街道はゆるやかに蛇行する川の流れに沿ってつづいているようだ。

「この川の名は」

三十郎が訊いた。

「鳴瀬川《なるせがわ》にございます」

寺田によると、城下を東西に二分するように流れている川で、この川の水が水田や紅花の栽培などに利用されているそうである。

街道を進むにつれ、しだいに道沿いに家屋が目に付くようになり、行き交う人の姿も増えてきた。町割りされた城下は目の前である。

「どうやら、襲っては来ないようだ」

三十郎は、土屋たちが襲撃してくるなら人目のある城下へ入る前だとみていたのである。

「三十郎さまのお蔭《かげ》でございます」

千勢がほっとした顔をして言った。

千勢と寺田は、三十郎を街道沿いの縄暖簾《なわのれん》を出した居酒屋に連れていった。居酒屋といっても、めしを食わせ、旅人には茶や饅頭《まんじゅう》なども出していた。居酒屋と茶店をかねているような店である。

店の親爺《おやじ》が、揉《も》み手《で》をしながら出てきて注文を訊いた。五十がらみ、丸顔で目が細く恵比寿《えびす》のような顔をした男である。

「酒とめしを頼む」

三十郎は酒まで飲ませてもらうのは少々厚かましいとは思ったが、このさいなので頼んだ。

千勢と寺田も茶と饅頭を頼み、長床几《ながしょうぎ》に腰を下ろして三十郎に付き合っていた。

三十郎たちが居酒屋に腰を落ち着けて小半刻《こはんとき》（三十分）ほどしたときだった。戸口の縄暖簾を分けて、三人の武士が店に入ってきた。いずれも羽織袴姿で二刀を帯びていた。垣崎藩士らしい。

三十郎は飯台の脇に立てかけた刀に手を伸ばした。千勢と寺田はハッとしたような顔をして立ち上がったが、その顔に安堵《あんど》の表情が浮いた。

「稲葉《いなば》さま、どうしてここへ」

寺田が緊張した顔で訊いた。

稲葉は面長《おもなが》で鼻梁《びりょう》が高く、双眸《そうぼう》のするどい男だった。歳は三十代後半であろうか、物言いからして、相応の身分の者らしい。従っているふたりは若く、稲葉の配下と思われた。

……味方らしいな。

三十郎は刀から手を離し、あらためて酒をついだ猪口《ちょく》に手を伸ばした。

「千勢どのがこの店に入るのを、秋月《あきづき》が見かけてな。わしに知らせたのだ」

稲葉は脇に立っている丸顔の男に目をむけて言い、

「それで、福島はどうした」

と、声をあらためて訊いた。

「猿渡峠を越えたところで、土屋たちに……」

寺田は無念そうに顔をしかめて、土屋たちに襲撃されたことを話し、

「そのおり、ここにおられる三十郎どのに助けていただいたのです」

と言って、そのときの様子を子細に話した。

三十郎が一瞬のうちに鬼頭一門の者を斬り伏せたことを聞くと、稲葉は驚いたような顔をして三十郎に目をむけ、

「お助けいただき、それがしからもお礼申し上げる」

そう言って頭を下げ、垣崎藩、先手組物頭、稲葉兵庫《ひょうご》と名乗った。わきにいる若い武士は、秋月与七郎《よしちろう》と八重樫五郎太《やえがしごろうた》で、先手組だという。なお、先手組は攻撃隊だが、垣崎藩の場合、普段は城内の警備、非常時の見廻《みまわ》り、江戸藩邸との連絡などにあたっているそうである。

「おれは栗林三十郎。……三十郎と呼んでもらえばいい」

三十郎は顎《あご》の下の無精髭を指先で撫《な》でながら、勝手に手酌《てじゃく》で酒を飲んでいる。

「三十郎どのは、これからどこへ行かれるのです」

稲葉が訊いた。

「さァ、おれにも分からん」

足の向くまま、気の向くままの旅である。

4

「どこまで、行くんだ」

三十郎は渋い顔をして寺田の後をついていく。

五ツ（午後八時）ごろだった。頭上は降るような星空で、周囲の田圃《たんぼ》から蛙《かえる》の鳴き声が耳を聾《ろう》するように聞こえている。

三十郎と寺田は、垣崎城下のはずれの田圃のなかの道を歩いていた。

「この先に、円光寺《えんこうじ》という寺がございます。そこで、稲葉さまたちが待っておられます」

寺田が振り返って声を上げた。大きな声でしゃべらないと、蛙の鳴き声に呑《の》み込まれてしまうのだ。

城下の居酒屋で、三十郎と顔を合わせた稲葉は、

「三十郎どの、われらに手を貸してはいただけぬか」

と、言い出した。

「おれを雇いたいのか」

三十郎は猪口を手にしたまま訊いた。

「そこもとが、わが藩に奉公を望むなら、口をきいてもいいが」

「雇うなら、まず金だ」

三十郎は仕官する気など毛頭なかった。

「金か」

稲葉が渋い顔をした。三十郎が露骨に金を口にしたからであろう。千勢や寺田の顔にも、嫌悪の色があった。武士らしからぬ要求と思ったらしい。

「いくら出す」

三十郎は、稲葉や千勢たちの顔色など無視して訊いた。

「に、二十両ほどで、どうだ」

稲葉が口ごもって言った。こうした交渉には慣れておらず、どの程度出せばいいの

か見当もつかなかったのだろう。

「二十両な。……中老の根岸のところへ行き、おれの腕をいくらで買うと訊けば、五十両は出すだろうな」

三十郎は当然のような顔をして言った。

三十郎のいつもの手である。宿場の博奕打ちの親分が対立しているときなど、両方と交渉して高く値をつけた方へ味方するのだ。三十郎にとっては宿場の親分同士の抗争も大名のお家騒動も同じだった。どちらが勝とうが、金になればいいのである。

「分かった。五十両だそう」

稲葉は呆《あき》れたような顔をして言った。

千勢や寺田たちも、何か風変わりな異端者でも見るような目を三十郎にむけた。

「おれを雇うのは五十両でいいが、どうだ、相手をひとり斬るごとに五両追加してもらえねえか。その方が、おれも張り合いがある」

三十郎は、行く当てはなかったし、ふところも寂しかったので、しばらく垣崎藩の城下へとどまろうと思った。どうせなら、稼げるだけ稼いだ方がいい。

「承知した」

稲葉は困惑したように顔をしかめた。

「よし、それで、決まりだ」

三十郎は、稲葉がどう思おうと気にもしなかった。

「鳴瀬川にかかる太鼓橋《たいこばし》を渡った先です」

寺田が前方を指差しながら言った。

淡い月光のなかに、黒い橋梁《きょうりょう》が浮かび上がったように見えていた。蛙の鳴き声に交じって川の瀬音も聞こえる。橋の先には民家があるらしく、夜陰に沈んだ家屋から灯《ひ》が洩《も》れていた。その先には、寺の境内《けいだい》をかこっている杜《もり》の黒い陰が夜空を圧するようにそそり立っていた。そこが円光寺らしい。

「稲葉どのは、円光寺とかかわりがあるのか」

歩きながら三十郎が訊いた。

「ご家老さまの菩提寺《ぼだいじ》で、住職の雲恵《うんけい》さまとも懇意にされていたそうです」

寺田が口にした家老は、城代家老の八辺《はちべ》孫左衛門《まござえもん》のことである。

三十郎は居酒屋で手付金として稲葉から八両もらった後、垣崎藩の騒動の状況を聞いていた。八両の手付金は、それしか稲葉たちの持ち合わせがなかったからである。

そのとき、稲葉から聞いた話によると、垣崎藩主の西尾重長はちかごろ病気がちのため、隠居したがっているという。ところが、嗣子の五郎丸はまだ五歳という幼年だった。そこで、重長の隠居を実現するために、五郎丸が成人するまでの間、重長の弟の主膳《しゅぜん》に藩主の座を継いでもらったらどうかと主張する者が出てきた。かれらは、あくまでも主膳は五郎丸の後見人として一時的に垣崎藩を継ぐだけだと主張した。主膳は重長が家を継ぐ際に領地を二千石だけ分地してもらっていたので、五郎丸が成人したおりには、また自分の領地へもどればいいというのである。

藩主の重長は五郎丸を嗣子として溺愛《できあい》していたが、主膳が後見人として一時的に藩を継ぐだけなら認める気持になっているという。

ところが、弟の主膳が垣崎藩を継ぐことに、城代家老の八辺を中心に多くの重臣が反対した。八辺たちは、重長が病気がちとはいえ、もうしばらく藩主の座にとどまってもらい、嗣子の五郎丸に継がせるのが筋だと主張した。それに、八辺たちの頭には、主膳が一度藩主の座についてしまえば、五郎丸に簡単に引き渡すようなことはなく、将来かならず家中《かちゅう》を二分するような騒動が起こるとの読みがあったのである。

八辺たちの意見に対し、次席家老の根岸と一部の重臣が、弟の主膳を強く推した。重長の気持を尊重するには、五郎丸が成人するまで主膳に継いでもらうしかないというのだ。

根岸たちは口ではそう言っていたが、背後には八辺たちとの熾烈《しれつ》な権力争いがあった。

根岸と主膳の間には親子のような強い結びつきがあった。根岸は主膳が子供のころから小姓として仕え、主膳は根岸を実の親のように思っていたのである。したがって、主膳が藩主の座につけば、根岸は藩の実権を握ることができるのだ。家中では主膳が藩主になれば根岸を城代家老にすえ、藩政のすべてを任せるのではないかとまで噂《うわさ》されていた。

「それでどうした」

三十郎はつまらなそうに先をうながした。どこにでもあるお家騒動で、三十郎にとってはだれが垣崎藩を継ごうとかかわりないのである。

「こともあろうに、根岸は八辺さまにあらぬ罪を着せ、無理やり蟄居《ちっきょ》させたのです」

根岸は、八辺が藩専売の紅花を商う丹後屋《たんごや》に便宜をはかり、不正な金で私腹を肥やしていたと藩主の重長に讒言《ざんげん》したという。丹後屋は紅花だけでなく藩米の取引もおこない領内で一、二を争う豪商であった。

根岸は丹後屋と同じように藩専売の紅花を商っている豪商の辰巳屋《たつみ》に接近し、八辺が丹後屋と昵懇《じっこん》にしているという噂を紅花を扱う商人や百姓に流させたらしいという。

「それで、藩主は根岸の訴えを真《ま》にうけたのか」

「殿は根岸の捏造《ねつぞう》とは思われなかったようだ。それというのも、根岸といっしょに主膳も八辺の不正を強く訴えたからだ。それに、根岸の流した噂が、根岸派の家臣を通して殿の耳にも入っていたらしいのだ」

くわえて、ちかごろ重長は病気のため気力が衰え、主膳の言いなりになることが多いのだという。

それでも、重長は八辺が蟄居した後、城代家老をおかなかった。重長も根岸の専横を薄々感じていたのかもしれない。ところが八辺が城を去ると根岸が大きな力を得て、独断で藩政を動かすことが多くなった。そうなると、これまで八辺に与していた重臣たちの多くが根岸側に立つようになり、主膳に藩を継がせようとする勢力がしだいに藩を支配しつつあるという。

「それで、江戸では何があったのだ。千勢どのの兄が捕らえられたそうではないか」

三十郎は、千勢たちが何を知らせるために江戸からもどったのか知りたかった。それが分かれば、旅の途中で土屋たちに襲われた理由も分かるだろう。

「まだ、江戸の藩邸では五郎丸さまが垣崎藩を継ぐべきだと考えている者が多ござる。その中心になっていたのが、工藤どのでござった」

千勢の兄、工藤伸八郎は五郎丸に垣崎藩を継がせようとする八辺派の中核として多くの若手藩士の信望を得ていたという。

「それだけではござらぬ。実は、工藤どのは江戸にいる大目付として配下の目付に命じ、ひそかに根岸の身辺を探らせていたのでござる。それというのも、辰巳屋から根岸に多額の賄賂《わいろ》が渡っていると噂されていたからです。……根岸は二年ほど前、領内に豪邸を新築いたしました。その金のほとんどが、辰巳屋から出ているのではないかと、工藤どのはみていたようなのです」

「その工藤が、江戸へ出たのはどういうわけだ」

三十郎が訊いた。

「根岸は、工藤どのが自分の身辺を探っていることを察知し、八辺さまと同様にあらぬ罪を着せて処罰しようとしたのです。その動きをつかんだ、八辺さまが殿や他の重臣に働きかけて江戸勤番にしたのです」

「国許から逃がしたわけだな」

「そういうことです。ところが、根岸は八辺さまを排除した後、江戸にいる工藤どのを狙った。根岸は江戸にいる自派の者と謀《はか》り、工藤どのにあらぬ罪を着せて処罰しようと謀った。工藤どのを処罰すれば、己の不正があばかれるのを防げるし、一気に八辺派を押さえ込むこともできる、根岸はそう思ったのでござろう」

根岸は、丹後屋からの金が工藤にも渡っていたと言い出し、しかも大目付の身でありながら若い藩士を誑《たぶら》かして男色に耽《ふけ》っているなどと根も葉もない話をでっち上げて、重長に讒訴《ざんそ》したという。

「男色な」

三十郎は、胸糞《むなくそ》が悪いとでも言いたげに顔をしかめた。

「それだけではござらぬ。根岸は工藤どのの悪事に荷担したとして配下の目付ふたりも捕らえ、見せしめのため三人を国許へ護送して処刑すると言いだしたのでござる」

配下の目付の名は桜井甚三郎《さくらいじんざぶろう》と村越繁太郎《むらこししげたろう》で、このふたりが国許にいるとき工藤の指示で根岸の身辺を洗ったのだという。

「根岸は、桜井と村越もいっしょに始末するつもりなのだ」

稲葉の目に怒りの色があった。

「国許で、切腹でもさせる気か」

「いや、それが見せしめのため城下で斬首《ざんしゅ》にするというのだ」

「首を斬るのか」

三十郎は呆れたような顔をした。

「あまりの仕打ちでござる。家臣や領民の目の前で、武士としてではなく百姓や町人と同じように扱うつもりなのでござる。……八辺派に与すればこういう目に遭うと、家臣たちに見せつける気なのだ」

稲葉の顔が憤怒《ふんぬ》で赭黒く染まった。

千勢も悲痛と無念さに顔が蒼《あお》ざめ、身を顫《ふる》わせていた。

「それを知らせるために、千勢どのたちは江戸から国許にむかったのか」

「そうです」

千勢によると、江戸家老は八辺派で、工藤や千勢たちのために動いてくれたという。

「どうして、土屋たちは千勢どのたちを襲ったのだ。国許で見せしめのために処刑するなら、そのことを知られてもかまわないと思うがな」

まだ、三十郎の疑念は消えなかった。

「いや、根岸たちは工藤たち三人が護送の途中、われらの手で奪還されることを恐れたのでござろう。それで、千勢どのたちを始末したかったにちがいない」

千勢たちが持ち込んだ情報によると、工藤たち三人は唐丸籠《とうまるかご》で江戸から垣崎領内まで運ばれるという。根岸派の者たちは工藤たちの護送を内密に行いたかったため、千勢たちの口を封じようとしたのではないかという。

「うむ……」

三十郎はまだ腑《ふ》に落ちなかったが、それ以上は訊かなかった。いずれ、藩内の様子が知れれば見えてくるだろうと思ったからである。

「三十郎どの、この先です」

寺田が言った。

杉や松などでかこまれた参道の先に、古刹《こさつ》らしいたたずまいの山門とその先の本堂が月明りのなかに浮かび上がったように見えていた。

5

三十郎と寺田が庫裏《くり》に入って行くと、燭台《しょくだい》の灯《ひ》に照らし出されている十数人の姿が見えた。稲葉、秋月、八重樫、千勢、それに十人ほどの武士が端座していた。寺田にそれとなく訊くと、いずれも八辺派の藩士だという。若者が多かったが、どの顔にも思いつめたような表情があった。

「三十郎どの、ここへ」

稲葉が脇に座るようにうながしたが、三十郎は、

「おれは、ここでいい。堅苦しい場は苦手なのでな」

そう言って、座敷の隅に胡座《あぐら》をかき、柱に背をあずけた。

一同は不興そうな顔をしたが何も言わず、上座に座した稲葉ともうひとりの年配の武士に視線を集めていた。後で分かったことだが、年配の武士は勘定奉行の久留米源《くるめげん》十郎《じゅうろう》で、八辺派の中核のひとりだという。

「それで、江戸を発つ日はいつなのだ」

稲葉が声をあらためて訊いた。

「およそ半月後、七月初旬とのことです」

千勢が、加藤《かとう》さまがそのようにおおせられました、と言い添えた。これも後で寺田から聞いて分かったのだが、加藤は江戸留守居役で八辺派のひとりだそうである。

「何としても、工藤どのたちを救出せねばならぬな」

久留米が語気を強めて言った。

工藤たち三人が藩士の目の前で処刑されるようなことになれば、八辺派の多くは根岸たちの強権と弾圧を恐れて、根岸派に与するだろうという。

「それが、根岸たちのもうひとつの狙いなのだ」

稲葉が重い声で言った。

「唐丸籠には、何人ほどの護衛がつくのでしょうか」

若い秋月が訊いた。

「いまのところ分かりませんが、一行が江戸を発てばすぐに知れるはずです」

寺田が、江戸にいる同志が知らせに来る手筈《てはず》になっております、と言い添えた。

「いずれにしろ、領内に入る前に助け出さねばならぬな」

稲葉が一同に視線をまわしながら言った。

「護衛には、鬼頭流一門の者もいるとみなければならぬが」

久留米がそう言うと、すかさず稲葉が、

「こちらには、三十郎どのがいる」

と、三十郎に目をむけながら言った。

一同の視線が三十郎に集まると、三十郎はボリボリと首筋を掻《か》きながら、

「分かった、分かった」

と言って、立ち上がった。

「三十郎どの、どこへ行かれる」

稲葉が訝《いぶか》しそうな顔をして訊いた。

「おれは、堅苦しいところは苦手だ。話が済むまで、本堂でも借りて一眠りしてくる」

そう言うと、三十郎は両手を突き上げて大欠伸《おおあくび》した。

三十郎は庫裏から出ると、本堂の縁側に胡座をかき、板戸に背をあずけた。風のない静かな夜だった。弦月が頭上で皓々《こうこう》とかがやき、虫の声がさんざめくように聞こえてくる。

……酒を持ってくればよかったな。

三十郎は、虫の声を聞きながら一杯やるのも悪くないと思ったが、住職に酒を所望するわけにもいかなかった。

三十郎が半分居眠りをしながらしばらく待つと庫裏の引き戸があいて、人影が姿をあらわした。どうやら、八辺派の密談も終わったようである。

真っ先に三十郎のそばに歩を寄せた千勢が、

「三十郎さまの、お宿は決まっていますか」

と、小声で訊いた。

「いや、今夜はここで寝てもいいと思っていたのだが、足りない物があってな」

三十郎は首筋を掻きながら照れたような顔をした。

「何でしょう」

千勢が訊いた。

「酒だ。月もいいし、虫の音《ね》も肴《さかな》にはもってこいだが、肝心の酒がねえ」

三十郎がそう言うと、千勢が、まァ……、と言って笑みを浮かべ、

「わたしの家なら、御酒《ごしゅ》もありますが」

と、小声で言った。

「それなら、厄介になろう」

三十郎がそう言うと、千勢の脇に歩を寄せてきた稲葉が、

「三十郎どのが、千勢どのといっしょに帰ってくれれば安心だな」

と、言った。どうやら、千勢の護衛に三十郎を頼むつもりだったようだ。

稲葉たちは、ひとり、ふたりとすこし間を置いて、山門から出ていった。千勢に聞くと、根岸派の家臣の目に触れぬように帰るためだそうである。そう言われ、あらためて見ると集まった男たちは、いずれも闇《やみ》に溶ける黒や濃い茶などの衣装に身をつつんでいた。

三十郎と千勢は、稲葉と久留米につづいて山門を出た。

千勢の住む工藤家は城下の西方、騎馬町《きばちょう》と呼ばれる中堅家臣と重臣の屋敷が多い丘陵地の一角にあった。工藤家は、三百石の家柄にふさわしい長屋門を構えた屋敷だった。

千勢は迎えに出た母親のふさとともに三十郎を庭に面した座敷に招じ入れた。ふさは、千勢から事情を聞いていたらしく、一目で宿無しの浪人と分かる三十郎を見ても嫌な顔ひとつせず気持よく迎えてくれた。ただ、夜更けということもあり、女中に用意させたのは有り合わせの肴と酒だけである。

「今夜は、こんなものしかご用意できませぬが」

ふさは、そう言って銚子《ちょうし》を取った。

四十代半ばであろうか、色白で端整な顔立ちが、千勢と似ている。ほっそりとした体に細縞《ほそじま》の着物と紺の帯がよく似合っていた。

気丈なのか、それとも武家の妻として取り乱した姿を見せまいとしているのか、ふさは倅《せがれ》の伸八郎が捕らえられたことについて、泣き言はいわなかった。ただ、三十郎に対して千勢を助けてくれたことに礼を言っただけである。

三十郎は憮然とした顔で杯をかたむけていた。別に腹を立てていたわけではない。女ふたりに対座されて困惑していたのだが、その動揺を隠すために苦虫を噛《か》み潰《つぶ》したような顔をしていたのだ。

「ところで、工藤どのには妻女はおられぬのか」

三十郎は女ふたりを前にして話題に困り、そう訊いたのだ。物言いもいつになく丁寧である。

「もう三十になりますのに、まだ嫁ももらっておりませぬ。父親が病で亡くなり家を継いでから、お役目のことばかりに熱心で」

ふさは、寂しげな微笑を浮かべた。母親としては、早く嫁を迎え、孫の顔を見たいにちがいない。

「すると、ご家族は三人でござるか」

「はい」

「それはまた……」

千勢と仲八郎の兄妹、それに母親のふさということになる。そうしたなかで、仲八郎が捕らえられ処罰されることになったのだ。工藤家にとっては、家の存亡にかかわる重大事であろう。

「三十郎さま、どうか捕らえられた三人をお助けください。仲八郎のこともございますが、いっしょに捕らえられた桜井どのと村越どのには、妻女と頑是《がんぜ》ないお子がいると聞いております。……両家のご家族のご心痛いかばかりか、こうしていても胸の痛む思いがいたします」

ふさが訴えるように言うと、脇に座していた千勢も、どうか、ご助勢ください、と言って頭を下げた。

できた女だ、と三十郎は思った。自家の窮地もさることながら、配下である桜井と村越の家族のことまで心を配っているのである。

「まァ、金をもらったからな。それだけのことはするつもりだ。……ところで、ふさどの、それがしの宿だが、人目につかぬところはないかな」

この家に世話になり、女ふたりと顔を突き合わせているのは堅苦しかったし、しばらく根岸派の者たちに自分のことを知られたくなかったのだ。

「この家では、都合が悪いことがございますか」

ふさが訊いた。

「いや、根岸たちにおれのことを隠しておきたいのだ。……敵を油断させるためだよ」

三十郎は、もっともらしい顔をして言った。

「……十人町《じゅうにんちょう》に、作兵衛《さくべえ》の家がございますが」

ふさが困惑したような顔で言った。十人町は足軽や職人などが、混在して住む町だという。

「作兵衛とは」

「この家に古くから仕えている者です」

作兵衛は先代のころから工藤家に奉公している下男で、子供がいないためいまは老妻とふたり暮らしだそうである。十人町は騎馬町とは近いし身を隠すにはいい場所だが、家が狭くじゅうぶんな世話もできない、それが懸念だという。

「そこでいい」

三十郎は、酒が飲めてめしが食えれば、それでじゅうぶんだった。

6

堅牢《けんろう》な石垣を組んだ濠《ほり》の先に、垣崎城の大手門と櫓《やぐら》が見えた。その先に西の丸の殿舎の甍《いらか》がつらなり、五層の天守が城下を睥睨《へいげい》するように聳《そび》えている。七万五千石にしては、豪壮な城である。

三十郎は作兵衛を連れて濠沿いの道をぶらぶら歩いていた。城下の様子を見ておこうと思ったのである。作兵衛は還暦を越えた老爺《ろうや》で、顔は皺《しわ》だらけで鬢《びん》は真っ白だった。すこし腰をかがめながら跟《つ》いてくる。

「藩主は、どこに住んでいるのだ」

三十郎が濠端を歩きながら訊いた。寺田から、藩主の重長は半月ほど前に参勤を終えて国許へ帰っていると聞いていた。

「西の丸の御殿らしいが、お体の具合がおもわしくねえもんで、御殿からお出にならねえようですだ」

作兵衛は目をしょぼしょぼさせながら言った。猿のような顔をした男である。

「そうか。……ところで、根岸の屋敷は遠いのか」

「ここから半刻（一時間）ほど歩けば、屋敷の前に出られますだ」

「行ってみよう」

三十郎は屋敷だけでも見ておこうと思ったのである。

「案内しますだ」

作兵衛は三十郎の前にたって歩きだした。

老齢だが足腰は丈夫らしく、思ったより速かった。作兵衛は脇目もふらず、せかせかと武家屋敷のつづく通りを歩いていく。

五十石から百石ほどの武士の住む町割りされた通りを抜けると、雑木林や森の残る高台へ出た。そこは城の東方に当たり、長屋門を構えた大きな武家屋敷が目についた。

作兵衛に訊くと、森野町《もりのちょう》と呼ばれる地域で根岸の屋敷は城を正面に見た一角にあるという。

根岸家は六百石とのことだった。森野町は重臣だけの住む地域で、五百石を越える家の多くはこの地に屋敷を構えているそうである。

「あれが、根岸さまのお屋敷で」

作兵衛は高い築地塀《ついじべい》のそばで足をとめた。

堅牢な築地塀でかこまれた敷地内には、松や杉などが鬱蒼と深緑を茂らせていた。その葉叢の間から、幾重にも連なる甍と屋敷の一部が見えた。屋敷の前には奇岩や泉水を配した庭もある。御殿のような屋敷である。それにまだ新しい。稲葉が、根岸の屋敷は新築して間もないと言っていたが、そのようである。

「表門は」

「あっちで」

作兵衛は塀沿いに歩きだした。

長屋門だが、乳鋲《ちびよう》のある堅牢な門扉を備えていた。城門を思わせるような堅固な門である。六百石の中老の屋敷にしては、豪奢《ごうしや》である。富商からの賄賂が噂されても、仕方がないだろう。

「まるで、陣屋だな」

おそらく、家士が厳重に警備しているのであろう。

三十郎が不興そうな顔で屋敷を眺めていると、

「次は、どこに行きますだ」

作兵衛が小声で訊いた。

「そうだな、酒を飲ませる店へ連れていってくれ」

歩きつづけて、三十郎は喉が渇いていた。

「簪《かんざし》通りへ行けば、女もいますだ」

作兵衛はニヤリと笑うと、勝手に先に立って歩きだした。

歩きながら作兵衛が話したところによると、津崎街道沿いに商人や職人の住む横田町があり、そこに簪通りと呼ばれる繁華街があって、料理屋や飲み屋、それに女郎屋もあるとのことだった。

森野町を抜け、小体《こてい》な武家屋敷のつづく通りを歩いていると、前方の路傍に立っている数人の人影が見えた。ひとりだけ羽織袴姿だったが、他は粗末な小袖に袴姿だった。いずれも軽格の藩士か郷士といった身拵えである。

……土屋だ！

羽織姿の武士の脇に立っている赤ら顔の男に見覚えがあった。津崎街道で出会った土屋権之助である。

「作兵衛、別の道を通って先に家へ帰れ」

「どうしただ」

作兵衛が驚いたような顔をして訊いた。

「前に立ってる連中だが、おれに用があるらしい。……酒は、おまえの家で飲む。分かったな」

「へえ……」

作兵衛は戸惑うような顔をしていたが、前に立っている男たちにただならぬ気配を感じ取ったのであろう。

「旦那《だんな》、家でまってますだ」

と言い残し、慌てて脇道へ走り込んだ。

前方の男たちは五人いた。いずれも剣の修行を積んだ者らしく腰が据わり、身構えにも隙《すき》がなかった。おそらく、鬼頭流一門であろう。

三十郎は逃げるつもりはなかった。顎を指先で撫でながら、悠然と歩いていく。

五人の武士は、ゆっくりとした歩調で通りへ出て来ると、三十郎の行く手に立ちふさがった。近付くと、土屋が脇に立っている男に、鬼頭さま、この男です、と話しているのが、聞こえた。

どうやら、道場主の鬼頭兵右衛門らしい。歳は四十がらみ、中背で胸が厚く首が太かった。どっしりと腰が据わっている。着物の上からも、剣の修行で鍛え上げた体であることは見てとれた。頤《おとがい》が張り、双眸が猛禽《もうきん》を思わせるように鋭い。剽悍そうな面《つら》構《がま》えの男である。

「おれに、何か用か」

三十郎は、五間ほどの間合を取って足をとめた。

「一門の者が、世話になったそうだな」

鬼頭が三十郎を見すえて言った。

「そいつが、天下の大道でおれを突き飛ばし、何の挨拶もなかったからだ」

「おぬしの名は」

鬼頭が訊いた。

「栗林三十郎」

「それで、いまどこにいる」

鬼頭が声をあらためて訊いた。まだ、三十郎がどこに草鞋を脱いでいるか知らないようだ。

「どこにいようと、おれの勝手だ」

「稲葉たちのところにいるのではあるまいな。ちかごろ、腕のいい浪人を雇ったという噂を耳にしたのでな」

「どうかな」

三十郎は左手で鍔元《つばもと》を握り、鯉口を切った。

「栗林、命は助けてやるから、すぐにこの城下から出ろ」

鬼頭が凄味のある声で言った。

「うぬらに、指図される覚えはないな。金にならないようなら、居てくれと頼まれても出て行くがな」

三十郎はそう言うと、ゆっくりとした足取りで前に歩きだした。

すると、鬼頭の背後にいたずんぐりした体軀《たいく》の小柄な武士が、

「おれにやらせてくれ」

と言って、三十郎と対峙《たいじ》しようとした。

小柄だが、妙に手の長い男だった。それに、着物越しにも全身が鎧《よろい》のような筋肉でおおわれていることが見てとれた。武術の修行で鍛え上げた体である。

「待て、鳥谷《とりたに》、いずれやるときがくれば、おまえに頼む」

そう言って、鬼頭は鳥谷を制した。

五人の男は路傍に身を寄せて通りをあけ、射るような目で三十郎を見つめている。

三十郎は左手で鍔元をにぎったまま歩いていく。

男たちの前を三十郎が通り過ぎようとしたとき、鬼頭が右手を刀の柄に添え、わずかに腰を沈めた。刹那、痺《しび》れるような剣気が放射された。

ピクッ、と三十郎の肩先が動いた。だが、三十郎はそのまま歩きつづけた。鬼頭も動かなかった。

……こやつ、できる！

三十郎は背筋を冷たい物で撫でられたような気がした。

鬼頭は三十郎の反応をみるために剣気を放射しただけだったが、その腕のほどは分かった。おそらく、鬼頭も三十郎の腕を読んだはずである。

7

稲葉の脇に、六尺はあろうかと思われる武士が座していた。三十がらみ、眉の濃い眼光の鋭い男だった。肩幅がひろく、胸が厚い。偉丈夫である。三十郎と同様、流浪の旅をつづけているのか、陽に灼けた浅黒い肌をし、色褪《いろあ》せた小袖と袴には長旅を思わせる汗と垢《あか》が染みていた。

「世良《せら》大次郎《だいじろう》でござる」

三十郎が腰を下ろすと、そう名乗った。

「おれは、栗林三十郎。三十郎と呼んでくれ」

三十郎は素っ気なく言った。

「世良どのは、兵法修行の旅をつづけておられるそうだ」

稲葉によると、世良は上州で馬庭念流《まにわねんりゆう》の修行をし、さらに腕を磨こうと諸国を旅し、垣崎領内へ足を踏み入れたのだという。

たまたま津崎街道を通りかかった八辺派の藩士が、津崎街道で旅人に酒代をねだっている雲助を手玉に取って退散させた世良の腕の冴えを見て稲葉に話し、腕を貸してもらうことになったという。

どうやら、三十郎と同じ宿無しの用心棒らしい。ただ、信念のありそうな面構えからみて、目的は金ではないかもしれない。

鬼頭が話していた、稲葉が雇った腕のいい浪人というのは、世良のことかもしれない。稲葉によると、世良は稲葉の屋敷に草鞋を脱いでいるそうである。

「それで、今夜の話は」

三十郎が訊いた。

円光寺の庫裏に、十数人の八辺派の藩士が集まっていた。稲葉、久留米、秋月、八重樫、寺田、それに以前顔を合わせた藩士たちだが、千勢の姿はなかった。男たちの密会だったので、遠慮したのであろう。

男たちのなかに、初めて顔を見る旅装束の武士がふたりいた。垣崎領内に着いて旅装を解く間もなくこの場へ来たらしく、ふたりは埃まみれで顔には疲労の色があった。ふたりの名は渋川《しぶかわ》と黒瀬《くろせ》とのことだった。

「工藤どのたちを護送する一行が、江戸を発ったそうだ」

稲葉が旅装のひとりに目をやり、渋川、話してくれ、とうながした。

「はい、唐丸籠に乗せられた工藤さまたち三人が江戸を発ったのは、六日前でございます」

そう前置きして、渋川が話しだした。

渋川と黒瀬は江戸勤番の藩士で、工藤たちが江戸を発つのを見てすぐに藩邸を出立《しゅったつ》した。ふたりは、千住宿で護送者の一行を追い越し、早朝から夜遅くまで歩き、途中早駕籠《はやかご》を使ったりして、六日で垣崎領内に到着した。通常の参勤のおりには江戸から垣崎まで九日かかるというから、それより三日早く到着したことになる。

「唐丸籠で護送するため、そう急ぐことはできませぬ。おそらく、八日か九日はかかるはずでございます」

渋川がそう言うと、

「すると、いまごろ一行は福島辺りまで来ているとみていいな」

と、稲葉が言った。奥州街道の福島宿から垣崎領内まで、およそ二日間の旅程だそうである。

「猿渡峠で仕掛けましょう」

寺田が意気込んで言うと、その場に居合わせた秋月、八重樫などから、そうだ、やろう、工藤さまたちをお助けするのです、などという声がいっせいに起こり、その場は騒然とした雰囲気につつまれた。

三十郎は憮然とした顔をして黙って聞いていた。世良も口を挟まず、虚空《こくう》に視線をとめている。

「それで、警護の者は」

稲葉が声をあらためて訊いた。

「陸尺《ろくしゃく》を除いて七人です」

渋川が答えると、寺田たち若い藩士が次々に声を上げた。かれらの声の多くは、護衛が七人なら容易に工藤たちを助け出すことができるというものだった。

「護衛がすくないな」

稲葉は不審そうな顔をしてつぶやき、

「根岸たちも、われらが工藤どのたちを助け出そうとしていることは、気付いているはずだが」

と、言い添えた。

すると、それまで黙って訊いていた久留米が、口をはさんだ。

「一行を指図しているのは、だれだ」

「用人の丹波《たんば》さまです」

「丹波か」

久留米の顔がけわしくなった。

用人の丹波伝右衛門《でんえもん》は知恵者として知られ、策謀にも長《た》けている江戸にいる根岸派の中核のひとりだという。なお垣崎藩の用人は、江戸にふたりいて、外務交渉など他藩の留守居役にあたる仕事をしているそうだ。

「領内にいる鬼頭流の者どもが、動くのではないかな」

久留米が言い添えた。

「おそらく、根岸から鬼頭一門にも話がいっておりましょうな」

と、稲葉。

「街道筋で見張れば、鬼頭一門がどれほど警護にくわわるかつかめます」

若い秋月が身を乗り出すようにして言った。

「そうだな。……いずれにしろ猿渡峠で一行を待ち伏せ、工藤どのたちを救出しよう」

稲葉が語気を強めて言うと、一同から喊声《かんせい》に似た声が上がった。

つづいて稲葉は、秋月と八重樫に、明日の早朝から街道筋を見張り、鬼頭一門がどう動くかつかむよう指示した。

さらに、別のふたりの藩士に七ヶ宿街道の関《せき》の宿場まで出向いて、唐丸籠にまちがいなく工藤たち三人が乗っているか確認するよう命じた。関宿は本陣もある七ヶ宿街道の中心的な宿場でもあり、護送の一行は唐丸籠を置いて一休みするはずだと稲葉はみたようである。

稲葉は集まった藩士たちに工藤たちを奪還するための役割をそれぞれ指示すると、あらためて三十郎と世良に顔をむけ、

「ふたりにも、助太刀をお願いしたい」

と、念を押すように言った。

「心得た」

世良はすぐに承知した。声にはいくぶん昂ったひびきがあったが、表情は変わらなかった。

一方、三十郎は承知する前に、

「それで、唐丸籠の三人を助け出すために動くのは、ここにいる者たちだけか」

と、訊いた。

十数人いたが、稲葉と久留米は実際の襲撃にはくわわらないだろう。となると、十二、三人ということになる。三十郎はすこし少ない気がしたのだ。

「いや、さらに七、八人くわわり、総勢二十人ほどになる。それに三十郎どのと世良どのに助勢していただければ、工藤どのたちを助け出せるはずでござる」

稲葉は自信のある声で言った。

「分かった。助太刀しよう」

三十郎は承知したが、どうも胸の内がすっきりしなかった。

護送の一行を指図している丹波は、一筋縄ではいかない男のようだ。当然、護送途中で八辺派の者たちが工藤たちの奪還に動くのは承知しているだろう。たった七人の護衛で、八辺派の襲撃を撃退できるとは思っていまい。三十郎は、丹波が何か策を講じているような気がしたのである。

第二章　猿渡峠

1

欅《けやき》の梢《こずえ》で油蟬が鳴いていた。暑熱をかきまわしているような喧《やかま》しい鳴き声である。

五ツ半（午前九時）にはなろうか。陽はだいぶ高かった。三十郎は作兵衛の家の裏手にある井戸端で、顔を洗っていた。昨夜、円光寺からもどり、遅くまで酒を飲んでいたので、いまごろになってしまったのだ。

釣瓶《つるべ》で汲《く》み上げた水は冷たかった。汗ばんだ肌に染みるようである。顔を洗った後、喉を鳴らして水を飲んでいると、背後で草履《ぞうり》の音がした。振り返って見ると、作兵衛と千勢が近寄ってくる。

「旦那、千勢さまがお見えになりましただ」

作兵衛が目をしょぼしょぼさせて言った。

「千勢どの、何事かな」

三十郎は釣瓶を井戸端に置いて訊いた。

「三十郎さま、お願いがございます」

千勢は切羽つまったような顔をしていた。

「願いとは」

「今日にも、稲葉さまたちが兄たちを救出するために猿渡峠へ出かけると聞きました。わたしも、連れていっていただきたいのです」

「おれたちといっしょに行って、何をするつもりなのだ」

千勢の言うとおり、午後には城下を発って、津崎街道沿いにある阿弥陀堂《あみだどう》に集まる手筈になっていたのだ。それというのも工藤たちを護送する一行が、早ければ今夕にも猿渡峠を越える可能性があったからである。

「兄たちを救うために、いっしょに戦います」

千勢が目をつり上げて言った。色白の顔がこわばり、肩先がかすかに震えている。どうやら本気で襲撃隊にくわわりたいらしい。

「だめだな」

三十郎は素っ気なく言った。

「なぜです」

千勢の顔がこわばった。切れ長の目やひきしまった唇に、勝ち気らしい表情があった。

「足手まといだ」

三十郎はずばりと言った。兄たちを助けたい気持は分かるが、千勢がくわわっても戦力にならない。そればかりか、千勢を敵刃《てきじん》から守るために、味方の戦力を削《そ》ぐことになるだろう。

「……………」

千勢は打ちのめされたようにがっくりと肩を落とした。足手まといと言われては、引き下がるしかないだろう。

「千勢どのには、他にやることがある」

三十郎が言った。

「何でしょうか」

千勢は気を取り直したように顔を上げて、三十郎に目をむけた。

「屋敷にいて、おとなしく工藤どのの帰りを待っていることだ」

三十郎がそう言うと、千勢はさらに肩を落とし萎《しお》れたようにうなだれて、きびすを返した。そして、力なくとぼとぼと母屋《おもや》の方へ歩きだした。

「作兵衛」

三十郎が呼んだ。

「へえ」

作兵衛は、めずらしく不満そうに顔をしかめて三十郎の顔を見上げた。三十郎の千勢に対する物言いに腹を立てたのかもしれない。

「千勢どのを屋敷まで送ってくれ。……ここに来たことを気付かれぬよう、まわり道をしろ。いいな」

三十郎が語気を強めて言うと、作兵衛は首をすくめるように頭を下げて、急いで千勢の後を追った。

根岸派の者たちは、工藤家の動きにも目をくばっているはずである。下手に動くと、敵に口実を与え、千勢が人質として捕らえられかねないのだ。

井戸端からもどった三十郎は縁側で一休みした後、作兵衛の老妻に頼んでにぎり飯を作ってもらい、腹拵えをしてから家を出た。

三十郎も根岸派の者たちに気付かれないよう、作兵衛に聞いていた裏道を通って津崎街道へ出た。

三十郎が集合場所である阿弥陀堂についたのは、八ツ半（午後三時）ごろだった。阿弥陀堂は、街道から一町ほど小径《こみち》をたどった雑木林のなかにあった。小径の入り口に二本松と呼ばれる二本の老松《おいまつ》が立っていると聞いていたので、迷うことなく来られたのだ。

阿弥陀堂は緑陰のなかにあり、蟬しぐれにつつまれていた。まだ約束の時間よりすこし早かったが、すでに稲葉をはじめとする数人の藩士が集まっていた。いずれも昂《たかぶ》った顔をし、なかには襷《たすき》で両袖を絞っている者もいた。

三十郎は、阿弥陀堂の階《きざはし》に腰を下ろしている世良の姿を目にして歩を寄せた。世良は大刀を胸のところで抱えるようにして、虚空に目をとめている。

「暑いな」

三十郎は首筋の汗を手の甲でぬぐいながら世良の脇に腰を下ろした。

「ああ」

世良は無愛想に答えた。

「おぬし、いくらもらった」

三十郎が小声で訊いた。

「二両だ」

「すくないな」

「当座のめし代だ」

「おぬしが助太刀するのは、金のためではないのか」

めし代にしても二両はすくな過ぎる。下手をして斬り殺されればそれっきりで、二両の命ということになるのだ。

「この騒動が収まれば、稲葉どのが仕官の口添えをしてくれることになっている」

世良が声を落として言った。

「仕官か」

「兵法修行などといっても、博奕打ちや乞食《こつじき》と変わらぬからな。できれば、主君を得て身を落ち着けたいのだ」

世良の双眸に強いひかりが宿っていた。本気で仕官を望んでいるようである。

「まァ、それもいいだろう」

「おぬしも、稲葉どのに口添えを頼んだらどうだ」

世良が三十郎に顔をむけて言った。

「やめておこう。おれは、主君より金が欲しいのでな」

三十郎は、大身の旗本の血筋を引いてはいたが、人を斬って江戸を追われた身である。いまさら大名に仕えることなどできないし、その気もなかった。

そのとき、足音がして雑木林のなかの小径を走ってくる人影が見えた。秋月と八重樫である。稲葉をはじめとする藩士たちがいっせいに、走ってくるふたりの方へ近寄った。

三十郎と世良も立ち上がった。

「い、稲葉さま、鬼頭一門が動きました」

秋月が肩で息しながら声高に言った。

「何人だ」

「六人です。三人ずつ二手に分かれ、津崎街道を猿渡峠の方へむかいました」

秋月は鬼頭をはじめ六人の名を上げた。

三十郎は、六人のうち鬼頭、土屋、鳥谷は知っていた。稲葉によると、六人とも領内では名の知れた遣い手だという。

それから一刻（二時間）ほどすると、関宿まで出向いたふたりの藩士が姿を見せた。ふたりの名は、長門《ながと》と松下《まつした》とのことだった。

「護送の一行が、関宿に着きました」

長門が周囲に集まった藩士たちに聞こえるように声を上げた。

「それで唐丸籠には、まちがいなく工藤どのたちがいたのだな」

稲葉が念を押すように訊いた。

「は、はい、工藤さま、それに桜井どのと村越どのも籠のなかに……」

松下が声を震わせ、おいたわしいお姿でございました、と言い添えた。

関宿で唐丸籠から出されたとき、その姿を見かけたが、三人ともざんばら髪で弊衣《へいい》に身をつつみ、痩《や》せ衰えた姿だったという。

「それで、関宿を出るのは明朝か」

稲葉がつづけて訊いた。

「まちがいございません。丹波たち七人は旅籠《はたご》に着くと、草鞋を脱いで部屋に入ったようです」

長門が言った。

「おそらく、今夕、鬼頭たち六人と関宿で合流し、明日夜明けとともに宿を出て猿渡峠を越えるつもりであろう」

稲葉が一同に聞こえるように声を大きくして言った。

2

陽が沈むまでに、稲葉をはじめとする八辺派の藩士二十人が阿弥陀堂に集まっていた。ただ、久留米の姿はなかった。初めから参謀格の久留米は、襲撃にくわわるつもりはなかったにちがいない。

「明日、払暁《ふつぎよう》、戦いの場は猿渡峠」

稲葉が声高に言うと、一同から、オオッ、という声が上がった。

「これより円光寺で体を休め、明日の未明に猿渡峠へむかう」

さらに、稲葉が言い添えた。

翌朝、三十郎たちは暗いうちに起き出し、円光寺の境内に集まった。三十郎は相変わらず薄汚れた単衣と袴姿だったが、稲葉を初めとする藩士たちは戦いの装束に身をつつんでいた。襷で両袖を絞り、袴の股《もも》だちを取り、足元を武者草鞋でかためている。なかには、鉢鉄《はちがね》を縫いつけた鉢巻を巻いたり、鎖帷衣《くさりかたびら》を着込んでいる者もいた。いずれも興奮した顔付きで、目ばかり異様にひからせている。

「参ろう」

稲葉が声を上げ、一同がつづいた。

藩士たちは、まだ夜陰につつまれている境内を出ると雑木林のなかの小径をたどって津崎街道へ出た。

しばらく歩くと、鳴瀬川の瀬音が聞こえだし、やがて街道は山裾の雑木林へとさしかかった。まだ辺りは夜陰につつまれ、街道に人影はなかったが、東の空がかすかに明らんでいた。

しだいに街道は上り坂となり、楢《なら》や椚などの広葉樹から杉や檜などの針葉樹が多くなってきた。林間を渡ってきた風に湿気を含んだ涼気があり、汗ばんだ肌を心地好く撫でていく。

東の空が茜色《あかねいろ》に染まり、頭上の星もひかりを失ってきた。乳白色の淡い朝靄《あさもや》のなかの木々が、幹や枝葉の色彩をとりもどしている。どこからか、朝の早い野鳥のさえずりが聞こえてきた。

先頭を行く稲葉が、千勢たちが襲撃された場所から数町坂道を登って足をとめた。すぐに、秋月や八重樫をはじめ藩士たちが稲葉の前に集まり、片膝を地面について視線を稲葉に集めた。

「襲撃地点は、この先の亀岩《かめいわ》だ」

稲葉が重い声で言った。

すでに昨夜のうちに、護送の一行を襲って工藤たち三人を奪還する場所は亀岩の辺りと決めてあったのだ。

猿渡峠には八曲《はちまが》りと呼ばれるつづら折りになっている場所があり、その最後の曲がり目近くに、亀のような形をした岩が突き出ていた。その岩が亀岩である。

稲葉たちの計画は、亀岩の周辺に身を隠し、工藤たち一行が通りかかったらいっせいに飛び出し、三挺の唐丸籠を襲って三人を救い出そうというものである。

「すでに、丹波たち一行は関宿を出ているであろうな」

稲葉が言った。

「それがしが、物見に」

秋月が言うと、すぐに八重樫が、それがしも、と身を乗り出した。

「ふたりに頼む。八曲りが始まる辺りにいれば、街道を登ってくる一行が見えるはずだ」

「心得ました」

秋月と八重樫はすぐに立ち上がり、街道を走りだした。

「われらは、亀岩で待つ」

稲葉が一同に声をかけた。

辺りはだいぶ明るくなってきた。林間を流れていた朝靄もいつの間にか消え、遠近《おちこち》から野鳥のさえずりが聞こえてきた。

街道の左手に山肌が迫り、右手は谷間になっているらしく、下り斜面になっている。

それから小半刻（三十分）ほど歩くと、稲葉たちは亀岩に着いた。山肌の急な斜面から、亀のような形をした大きな岩が突き出ている。

そこが街道の曲り目になっていて、角の先端から見ると、関宿の方からつづく街道を二町ほど見渡すことができた。

「この場所なら、一行がそっくり見渡せるぞ」

稲葉はそうつぶやくように言うと、身を隠せ、と声を上げた。

稲葉と数人の藩士は亀岩の陰に身を寄せ、他の藩士たちは街道脇の大樹の幹や灌木《かんぼく》の陰などに身を隠した。

三十郎は、亀岩の近くの杉の巨木の陰へまわった。

……気にくわねえ。

と、三十郎はひとりごちた。

これまで、護送の一行に特別な動きはなかった。鬼頭一門の者が六人警護にくわわったことも、当然のように思われた。護送の一行は総勢十三人である。一行の前後にふたりずつくとして、一挺の籠の警護はそれぞれ三人ずつということになる。

すくなすぎる、と三十郎は思った。丹波には、八辺派の藩士たちが工藤たちの奪還のためにどれほど動くか読めていないのであろうか。

……そんなはずはねえ。

丹波は根岸派の知恵者として知られ、策謀にも長けているという話である。

三十郎は丹波がこの襲撃を予想し、何か特別な策をたてている気がしてならなかった。

街道に目をやると、ひとり、ふたりと、間隔を置いて歩いてくる旅人の姿が見えた。風呂敷包みを背負った行商人や紅花買いの商人らしい男などである。払暁とともに関宿を出立して、垣崎城下へむかう旅人たちであろう。

そのとき、街道の先に走ってくるふたりの武士の姿が見えた。物見に出ていた秋月と八重樫である。

ふたりは激しく喘《あえ》ぎながら、稲葉のそばに身を寄せた。峻険な山道を駆けもどったからであろう。

「き、来ます、丹波たち一行が」

秋月が声をつまらせて言った。

「一行は何人だ」

「十三人。工藤さまの籠が先頭と思われます」

秋月によると、先頭の籠の護衛が四人、後ろの二挺は三人ずつだという。先頭に丹波が立ち、最後尾にひとりついているそうである。

「よし、三挺の籠を一気に襲うぞ」

身を隠せ、という稲葉の声に、物陰から姿を見せていた藩士たちはいそいで身を隠した。

秋月と八重樫がもどっていっときすると、街道の先に人影が見えた。数人がひとかたまりになってやってくる。

……護送の一行ではないようだ。

と、三十郎は思った。

六人いた。いずれも武士体ではない。唐丸籠を担いでいる者もいなかった。六人は菅笠《すげがさ》をかぶり、手甲脚半姿である。風呂敷包みを背負ったり振り分け荷を肩にしたりしている。遠方ではっきりしないが、いずれも行商人ふうであった。さらにその後ろに、駄馬を曳《ひ》く馬子の姿があった。馬の背には筵《むしろ》がくくりつけられている。筵のなかに何か荷がつつんであるようだ。

「き、来たぞ!」

稲葉のそばにいる藩士のひとりが、昂った声を上げた。

見ると、馬子の後方に護送の一行らしい人影が見えた。人影が列を作り、三挺の唐丸籠も確認できた。

三十郎は目を剝いて、護送の一行の前を歩く行商人らしい六人と馬子を見つめていた。ひとかたまりになっているのが気になったのである。

……後ろにも、いやがる。

三十郎が胸の内で声を上げた。

護送の行列の後方にも、六人の人影と馬を曳く馬子の姿が見えた。ただ、行商人ふうの格好をしている者ばかりではなく、笈《おい》を背負った巡礼ふうの男もいた。

行商人ふうの六人が、しだいに近付いてきた。すこし前屈《まえかが》みの格好で、先頭の籠から十間ほどの間を置いて歩いてくる。護送の一行に何か異変が起これば、すぐに駆け寄れる距離である。

……やつら、武士だ!

と、三十郎は察知した。六人とも腰が据わり、歩く姿にも隙がなかった。武士が行商人に身を変えているのだ。

3

「おい、罠《わな》だぜ」

三十郎は樹陰をつたって、稲葉に身を寄せて言った。

「罠だと」

稲葉は驚いたような顔をして三十郎を見た。

「そうだ。護送してる一行の前と後ろを見てみろ。菅笠をかぶった商人《あきんど》ふうの男たちがいるだろう。やつら、武士だ」

「なに、武士だと」

「まちげえねえ。しかも、あの腰の据わりからみると、なかなかの遣い手だぜ」

工藤たちを奪還するために唐丸籠を襲う者がいれば、前後から駆け寄り、挟み撃ちにするつもりなのだ。唐丸籠についた一行が十三人、一行の前後に馬子もくわえて十四人、都合二十七人の陣容である。

「だが、武器を持っていないぞ」

稲葉は信じられないといった顔をした。

たしかに、行商人ふうの男たちは丸腰だった。長脇差《ながわきざし》も差していない。

「どこかに隠しているはずだ」

「それに、いまやらねば工藤どのたちを助けることはできない。一行は今日にも城下へ入るだろう。ここが最後の機会だ」

稲葉が逡巡するように言った。

そんなやり取りをしている間にも、護送の一行の前を歩いている行商人ふうの男たちが、三十郎と稲葉の前を通り過ぎていった。

「罠と分かっていながら、仕掛ける手はねえだろう」

三十郎は語気を強めて言った。

鬼頭流の六人は手練である。おそらく、護衛の者たちも根岸派のなかから選りすぐった腕に覚えのある者たちにちがいない。

下手をすると、稲葉をはじめ八辺派の藩士たちは、工藤たちを助け出すどころか皆殺しになりかねない。

「いや、やるしかない。それに、多少の犠牲は覚悟の上だ」

稲葉が目をつり上げて言った。

「やめとけ、やられるのはこっちだ」

三十郎がそう言ったとき、ちょうど先頭の唐丸籠が稲葉の前にさしかかった。籠を担ぐ陸尺の前に鬼頭と土屋がつき、さらに脇にふたりの藩士がついていた。脇のふたりも腰の据わった屈強の武士である。

そのときだった。ふいに、ザザッと土砂のくずれるような音がし、工藤さま！　という叫び声とともに、ふたつの人影が山の傾斜地を街道にむかって駆け下った。長門と松下だった。さらに、後を追うように別の藩士が樹陰から飛び出し、二番目の唐丸籠にむかった。

それを見た稲葉が亀岩の陰から飛び出し、

「行け！　三人を助け出せ！」

と、大声を上げた。

その声に、物陰にひそんでいた八辺派の藩士がいっせいに喊声を上げて走り出た。土砂をくずしながら、山の斜面を一気に下っていく。

「敵襲！」

鬼頭が声を上げ、傾斜地を駆け下りて街道へ出た長門と松下の方へまわり込んだ。次々に、護衛の者たちが抜刀し、三挺の唐丸籠のまわりへ走る。

そのとき、護衛の一行の先頭にいた年配の武士が、

「討ち取れ！　ひとりも逃がすな」

と、声を上げた。丹波である。

その丹波の声で、一行の前後にいた行商人ふうの男たちが、いっせいにかぶってい た菅笠を路傍へ投げ捨て馬子のそばへ疾走した。

すると、馬子が馬の背にくりつけてあった筵から刀をとり出し、走り寄る男たちに手渡した。

「馬の背に隠してあったか！」

三十郎がいまいましそうに言った。

稲葉たちと護衛、それに一行の前後から走り寄った町人体の男たちが入り乱れ、斬り合いが始まった。三挺の唐丸籠のまわりで大勢の男たちが交錯し、剣戟《けんげき》のひびきが大気を劈《つんざ》き、怒号、気合が飛び交った。

と、長門が絶叫を上げてのけ反った。鬼頭の一撃が袈裟《けさ》に入ったのだ。鬼頭流の天衝の構えからの斬撃である。咄嗟に、長門は鬼頭の斬撃を受けようとして刀を出したが、その刀ごと斬り下げられたのだ。恐るべき剛剣である。

長門だけではなかった。松下も土屋の斬撃を浴びたらしく、着物の胸の辺りが蘇芳《すおう》色《いろ》に染まっていた。

稲葉たちは押されている。三挺の籠のそばに分散した稲葉たちは、鬼頭一門の六人と一行の前後から走り寄った町人体の男たちに取りかこまれるような格好になっていた。襲撃して、工藤たちを救出するどころではない。大勢の手練に襲われているのは、稲葉たち八辺派の藩士なのである。

「見ちゃァいられねえや」

三十郎が吐き捨てるように言うと、

「おい、見殺しにする気か」

背後から世良の声が聞こえた。

世良はそう言い置くと、抜刀して斜面を下り始めた。どうやら、敵味方が入り乱れて戦っている工藤の乗る籠のそばへむかうようだ。

「なかなか骨があるじゃァねえか」

世良は、鬼頭や土屋がいる戦いの場へ斬り込むつもりのようである。

……このままじゃァ、残金がふいになっちまうな。

そうつぶやくと、三十郎は一気に斜面を駆け下りた。

三十郎は左手を鍔元へ添え、稲葉を取りかこんで切っ先をむけていた町人体の男の背後に急迫した。

町人体の男が背後から迫ってくる三十郎に気付き、慌ててきびすを返し、

「新手だ！」

と叫びざま、切っ先を三十郎にむけた。

利那、三十郎の体が沈んだ。居合腰である。次の瞬間、シャッ、という鞘走《さやばし》る音が聞こえ、腰元から閃光が疾《はし》った。

ギャッ、という絶叫を上げ、町人体の男がのけ反った。三十郎の抜きつけの一刀が袈裟に入ったのである。男の肩口から血飛沫が噴き、血を撒きながら後ろによろめく。

間髪を入れず、三十郎は前に跳びざま稲葉の前にいた警護の藩士に斬り込んだ。一瞬の流れるような体捌きである。

警護の藩士の首がかしぎ、首根から血が驟雨のように噴出した。藩士は悲鳴も呻き声も上げなかった。腰からくずれるようにその場に倒れた。

「そいつを、斬れ！　取りかこむんだ」

鬼頭が甲走《かんばし》った声で叫んだ。

その声で、数人の敵が三十郎の方に走ってきた。

4

「ここは、逃げるしか手はねえぜ」

三十郎は稲葉にむかって声を上げた。敵は大勢である。しかも、遣い手がそろっている。いかに、三十郎でも敵に包囲されたら切り抜けるのはむずかしい。

稲葉はこわばった顔でうなずくと、

「引け！　この場は引け！」

と、味方の藩士たちに命じた。

すると、路傍にいた八辺派の藩士数人が下り斜面の林間のなかに飛び込み、斜面を駆け下りた。敵に取りかこまれていた別の藩士も何とか血路をひらいて、下り斜面の林間に走り込んだ。

林間の斜面を二町ほど下ると、渓流があった。鳴瀬川の上流である。稲葉たちは工藤たち三人を唐丸籠から救い出した後、斜面を駆け下り渓流をたどって山裾まで逃れ、阿弥陀堂に集まる手筈になっていたのだ。

「逃がすな！　斬れ」

丹波が声を上げると、数人の敵が逃走した藩士たちを追って斜面を駆け下りた。土砂のくずれ落ちる音や笹藪《ささやぶ》を掻き分ける音が林間にひびいた。

稲葉も斜面を駆け下りようとしたが、その行く手に町人体の敵がふたり、まわり込んで立ちふさがった。

「そこをどけ」

　すかさず、三十郎が走り寄り、町人体の男の肩口へ袈裟に斬り下ろした。町人体の男が体を引いて、その切っ先をかわす。なかなかの遣い手である。

　だが、三十郎の袈裟斬りの斬撃は捨て太刀だった。袈裟から刀身を返しざま逆袈裟へ。居合の神速の体捌きに神道無念流の刀法をくわえた一瞬の連続技である。

　逆袈裟の太刀が、男の脇腹をとらえた。

　男は上体を前に折るようにかがめて、呻き声を上げた。腹部を深く斜《はす》にえぐられた傷口から、臓腑が覗《のぞ》いている。男は左手で脇腹をおさえたままよろめき、両膝を地面についてうずくまった。

「稲葉どの、逃げろ！」

　三十郎が叫んだ。

　稲葉は、敵がひるんで後じさった隙をついて路傍から斜面へ跳んだ。そして、土砂といっしょに山の斜面を滑り下りるようにして林間を逃れた。

　つづいて、三十郎も林間へ逃れようとすると、ふいに行く手に小柄な男が立ちふさがった。

「おまえの相手は、おれだ」

鬼頭一門の鳥谷だった。

三十郎と対峙した鳥谷は、口許にうす嗤《わら》いを浮かべていた。だが、目は嗤っていなかった。獲物に迫る獰猛《どうもう》な獣のような目をして三十郎を見すえている。

「やるか」

三十郎は腰を沈めて脇構えにとった。居合の抜刀の呼吸で、初太刀をふるおうとしたのである。

対する鳥谷は八相から腰を沈め、切っ先で天空を衝くように刀身を高く構えた。鬼頭流、天衝の構えだが、鳥谷の構えは異様だった。小柄でずんぐりした体の上にさらに腰を深く沈めているため、体全体がひどく低く見える。そのくせ、両腕を高く上げて刀を垂直に構えている。そのため、刀身が三十郎の顔面に垂直に立ち、妙に目立つのだ。

「行くぞ」

鳥谷の全身に気勢がみなぎり、ずんぐりした体軀がさらに膨らんだように見えた。

イエェッ！

突如、鳥谷は鬼頭流独特の甲高い気合を発し、すばやい摺り足で間合を寄せてきた。

迅《はや》い。疾走にちかい寄り身だった。

……この構えから、真っ向へくる。

と、三十郎は読んだ。

しかも、受けた刀身ごと斬り下げるような剛剣のはずである。

三十郎は立ったまま気を鎮め、鳥谷の斬撃の起こりをとらえようとした。

一気に鳥谷との間合がせばまった。

フッ、と鳥谷の構えた刀身が上空に伸びたように見えた。次の瞬間、垂直に立っていた刀身がキラッとひかった。

……くる！

と、察知した三十郎は脇へ跳びざま、脇構えから斜に斬り上げた。鳥谷の斬撃を受けずに、脇へ跳んでかわしざま逆袈裟に斬り上げたのである。

が、三十郎の斬撃は空《くう》を切った。

瞬間、鳥谷の切っ先が三十郎の肩先の着物を裂いた。鳥谷は真っ向へ斬り込んだ刀身を途中から横に払ったのである。連続技というより一太刀といえる神速の太刀捌きだった。凄まじい膂力である。鳥谷の太く長い腕と鋼《はがね》でおおったような体がこの膂力を生み、神速の太刀捌きを可能にしているのであろう。

「やるじゃァねえか」

三十郎はニヤリと笑った。双眸が炯々《けいけい》とひかっている。

「次は、素《そ》っ首《くび》、落としてくれるわ」

鳥谷はふたたび天衝の構えをとった。

「今度は、おれの番だ」

三十郎は八相に構えた。そして、今度は自分から間合を狭《せば》めていった。鳥谷も迅い寄り身で迫ってくる。両者の間合は一気に狭まった。

先に仕掛けたのは三十郎だった。まだ、一足一刀の斬撃の間境の手前だった。裂帛《れっぱく》の気合を発しざま、八相から袈裟に斬り込んだのだ。

瞬間、鳥谷は身を引いた。三十郎の斬撃は空を切って流れた。

すかさず、鳥谷が真っ向へ斬り込んできた。膂力のこもった剛剣である。

と、三十郎はその斬撃の下をくぐるように鳥谷の脇をすり抜けた。敵の太刀筋を読んだ上での素早い動きである。

鳥谷が反転しざま、刀身を振り上げた。三十郎に二の太刀をあびせようとしたのである。

だが、そこに三十郎の姿はなかった。三十郎は鳥谷に背をむけたまま疾走し、街道の端から傾斜地の下へむかって跳躍した。

三十郎は林間の斜面に着地したが、土砂がくずれて体勢をくずし尻餅《しりもち》をついた。そのまま土砂や地面に積もった落ち葉とともに転がっていく。

「に、逃げるか！」

鳥谷は足下の林間を覗きながら怒声を上げたが、その場から動かなかった。土砂といっしょに転げ落ちた三十郎の姿が遠ざかり、追っても無駄だと思ったようだ。

三十郎は杉の幹にしがみついて身を起こすと、

「鳥谷、勝負はあずけた」

と声を上げ、さらに斜面を足早に下りていった。

そのとき、世良は街道で数人の敵に取りかこまれていた。稲葉や三十郎がその場から逃れたのを目の端でとらえると、おれも、逃げねば、と思った。

正面に鬼頭がいた。刀身で天空を衝くように高く構えている。全身に気魄《きはく》が満ち、その高い構えとあいまっておおいかぶさってくるような威圧があった。

すでに、世良は鬼頭と一合《いちごう》していた。かろうじて天衝の構えからの一撃をかわしたが、二の太刀で肩先を裂かれ、着物が蘇芳色に染まっていた。ただ、皮肉を裂かれただけだったので、刀をふるうのに支障はなかった。

……このままでは、鬼頭に勝てぬ。

と、世良は察知していた。

相手は鬼頭だけではなかった。鬼頭一門の手練が右手にいて、隙を見せればすかさず斬り込んでくるはずである。

世良は左手の長身の藩士に斬り込んで囲いを突破しようと思った。

突如、世良は動いた。鋭い気合を発し、八相に構えたまま左手に突進したのである。

左手にいた藩士は、突然眼前に迫ってきた世良の迫力に気圧されて後じさった。世良は正面から踏み込み、藩士の真っ向へ斬り込んだ。

その斬撃を藩士が刀身を振り上げて受けた。が、身を引きざま世良の強い斬撃を受けたため、腰がくだけてよろめいた。

すかさず、世良はその脇をすり抜けようとした。

その瞬間、世良の背に疼痛《とうつう》が疾《はし》った。鬼頭が身を寄せざま、斬り下ろしたのである。

だが、世良は足をとめなかった。そのまま前に突進し、街道の端から急斜面にむかって身をひるがえした。

世良は急斜面を落ち葉や土砂といっしょに転げ落ちた。数人の藩士が後を追って斜面をくだったが、すぐに世良の姿は灌木の茂みの先に消え、追うのをあきらめて足をとめた。

5

阿弥陀堂の境内に十五人の男が集まっていた。三十郎、稲葉、世良、寺田、秋月、八重樫、黒瀬、それに八辺派の藩士八人である。長門、松下、渋川、それにふたりの藩士の姿がない。五人は敵に斬られたらしい。

集まった男たちのなかに深手を負った者がふたりいた。八重樫が脇腹をえぐられ、塩野《しおの》という若い藩士が、片耳を削がれ、さらに肩口に深い傷を負っていた。ただ、世良の肩口と背の傷は浅く、命にかかわるような傷ではなかった。その他、ほとんどの者が手傷を負い、血に染まっていた。

凄絶《せいぜつ》な戦いであった。生き残った男たちは血まみれの顔をぬぐいもせず、目ばかりを異様にひからせている。

すでに、午《うま》ノ刻《こく》（正午）ちかくであろうか。陽は南天ちかくにあった。阿弥陀堂の境内は森閑として蟬しぐれにつつまれている。

「もう、もどってくる者はいないようだな」

稲葉が苦渋の顔で言った。稲葉たちは、この場で逃げもどってくる仲間を待っていたのである。ただ、世良が最後にこの場に着いてから小半刻（三十分）ほど経《た》っていた。

「ふたりを医者にみせた方がいいぞ」

三十郎が稲葉に言った。

八重樫と塩野の傷は晒《さらし》を巻いて応急処置をしてあったが、まだ出血が激しく、早く適切な処置をほどこさねば命を落とす危険があったのだ。

「ひとまず、ふたりを円光寺へ運び、手当てをした上でそれぞれの屋敷へ連れて行こう」

稲葉は、傷の浅い藩士たちに八重樫と塩野を運ぶよう指示した。

まるで、敗残兵だった。一行は円光寺の庫裏に何とかたどりつくと、雲恵が三十郎たちのために湯漬を用意してくれた。

湯漬で空腹を満たし、一息つくと、

「あれほど護衛がいるとはな」

稲葉が無念そうに言った。多くの犠牲者を出しただけで、捕らえられていた三人をひとりも救い出せなかったのだ。まさに、惨敗である。

「丹波の罠に嵌《は》まったのだな」

籠のなかの工藤たち三人は八辺派の藩士をおびき寄せ、斬殺するための囮《おとり》ではなかったのか、と三十郎は思った。

ただ、八辺派の藩士の襲撃を防ぐためだけなら、あのような町人体に身を変えて一行の前後につくことはないのだ。町人に変装した前後十四人の藩士たちは、伏兵だったのだ。襲撃してきた八辺派の者たちを前後から挟み撃ちするために、江戸を出たときから配置されていたにちがいない。おそらく、丹波の策謀であろう。その策に、稲葉たちはまんまと嵌まったのである。

「工藤どのたちを、救い出すことはできぬのか……」

稲葉は苦渋に顔をしかめて膝先に視線を落とした。

「まだ、手はある。工藤たちが首を打たれるのはいつだ」

三十郎が訊いた。

「それは、分からぬ。処刑の日は、まだ決まっていないはずだ」

「その日まで、間があるだろう。まず、工藤どのたちが、どこに監禁されるか探り出し、助け出す策を練るのだ。……いつまでも、丹波の思いのままにやらせておくことはねえぜ」

三十郎が目をひからせて言うと、

「三十郎どのの言うとおりだ。まだ、勝負がついたわけではない。処刑される日までに工藤どのたちを助け出せばいいのだ」

稲葉が自身を鼓舞するように語気を強めて言った。


その夜、暗くなってから三十郎は作兵衛の家にもどった。それから三日、三十郎はほとんど作兵衛の家にこもって、酒ばかり飲んでいた。すでに、三十郎が八辺派についたことは鬼頭一門に知られていた。迂闊《うかつ》に城下を歩けば、どこで襲われるか分からなかったのである。

四日目の暮れ六ツ（午後六時）過ぎ、千勢と寺田が訪ねてきた。千勢は軽格の藩士の娘のような粗末な衣装に身をつつんでいた。寺田も着古した小袖と袴で浪人のような格好をしている。根岸派の目をごまかすためらしい。辺りが暗くなってから訪ねてきたのも、そのためであろう。

ふたりは縁側に腰を下ろした。狭い座敷より、夜風の吹き抜ける縁先の方が気持がよかったし、作兵衛夫婦にいらぬ気を使わせたくなかったのである。

狭い庭から虫の声がすだくように聞こえていた。夜風のなかには、秋の訪れを感じさせる涼気があった。

「ふたりおそろいで、何の用だ」

三十郎は、ふて腐れたような顔をして貧乏徳利の酒をついだ。三十郎は千勢に出歩いて欲しくなかった。根岸派の者が、何か理由をこじつけて千勢を捕らえないとはかぎらないのだ。

「その後の様子を、三十郎どのの耳に入れておこうと思ったのです」

寺田がもっともらしい顔をして言った。

「うむ……」

三十郎は口実だろうと思った。その後のことを話しに来たのなら、寺田だけでじゅうぶんである。

「八重樫が、死にました」

寺田が小声でそう言って、視線を落とした。

八重樫は自邸に運ばれ、医者の手当てを受けたが、その夜のうちに死んだ。ただ、塩野は命をとりとめ、自邸で養生しているという。

「仕方ねえな」

戦いに犠牲者はつきものである。いつまでも、めそめそしていては何もできない。

「ところで、根岸だが、猿渡峠で襲った稲葉どのたちに何もしねえのか」

三十郎があらためて訊いた。

丹波から根岸に、罪人の奪還のため稲葉たちが襲撃したことは伝えられているはずである。藩主の命《めい》に逆らい徒党を組んで家臣を斬殺しようとしたことを咎《とが》め、稲葉たちを捕らえることもできるのではないかと思ったのである。

「根岸たちに、何の動きもございませぬ」

「どうしてだ」

「稲葉さまは、ここでわれらを捕らえようとすれば、根岸たちに反感を持っている若い藩士を刺激し、藩内が二分して争うようなことにもなりかねない。それを恐れて、あえて手を出さないのではないかと話しておられましたが」

「そうかもしれねえな」

三十郎は、それだけではなく根岸や丹波は何か別の策をたてているのではないかという気もした。

三十郎が虚空に視線をとめて黙考していると、千勢が、

「兄上たち、三人が連れていかれた屋敷が分かりました」

と、思いつめたような顔をして言った。

「どこだ?」

三十郎が千勢に顔をむけて訊いた。

「根岸の古い屋敷です」

千勢は、根岸が騎馬町の屋敷から森野町のいまの屋敷を建てて越したことを話したが、三十郎はすでにそのことは知っていた。

「根岸は越す前まで騎馬町のはずれに住んでいました。その当時の古い屋敷に、兄上たち三人は監禁されているのです」

「よく分かったな」

千勢の話からして、千勢自身で探り出したようなのだ。

「鹿島《かしま》が、近所の噂を聞いてきたのです」

鹿島というのは、工藤家に古くから仕えている家士である。その話を耳にした千勢は、百姓の娘のような身装《みなり》で自邸を抜け出し、根岸の古い屋敷の周辺で出会った人たちから話を聞き、工藤たち三人がその屋敷に連れ込まれたことを確認したという。

「その後、われらも調べましたが、まちがいありません。三挺の唐丸籠が屋敷内に運び込まれるところを見た者もいるのです」

寺田が言い添えた。

工藤たちが、その屋敷に運び込まれたのはまちがいないようだ。

「わたしが見たところ、屋敷の警備もそれほど厳重ではございません。いまなら、兄上たちを助け出せるような気がします」

千勢が身を乗り出すようにして言った。

どうやら、このことを三十郎に伝えるために来たらしい。当然、救い出すために手を貸してくれというのであろう。

「ま、待て」

三十郎は千勢の次の言葉を制した。

話がうますぎる。猿渡峠で襲った稲葉をはじめとする八辺派の急先鋒《きゅうせんぽう》が生き残り、工藤たちの奪還を狙っていることは、根岸も丹波も承知しているはずである。それなのに、警備の手薄な屋敷に監禁しているという。相手は策謀に長けた丹波である。何か裏があるとみなければならないだろう。

「下手に、屋敷内に押し入ったりすれば、猿渡峠の二の舞いだぞ」

三十郎が渋い顔で言った。

「ですが、このままでは……」

千勢は戸惑うような顔をして寺田に目をむけた。寺田の顔にも困惑の色がある。あるいは、寺田にも丹波が何かたくらんでいるのではないか、との疑念があるのかもしれない。

「屋敷を警備しているのは何人だ」

三十郎が、千勢と寺田を睨むように見つめて訊いた。

「そ、そこまでは、まだ」

寺田が口ごもりながら答えた。

「三人は、屋敷のどこに監禁されているのだ」

「それもまだ……」

「みろ、何も分かってねえじゃァねえか。それじゃァ、火のなかに飛び込む虫と同じだぜ。まず、屋敷の様子を探って、どうすれば三人を助けだせるか策を練ってからだ」

三十郎が叱りつけるような声で言うと、千勢と寺田は肩をすぼめてうなずいた。

「それに、千勢どのには他にやることがある」

三十郎が千勢に顔をむけた。

「何でしょう」

千勢が顔を上げて訊いた。

「しばらく、屋敷に籠《こも》っておとなしくしていることだ」

千勢が出歩くのは危険だった。根岸たちに処罰の口実を与えかねないのだ。工藤兄妹をそろって処刑できれば、根岸たちには都合がいいだろう。八辺派に対する、より強いみせしめにもなるし、その後の抵抗の芽を摘むこともできるのである。

「で、でも……」

千勢は肩を落としてうなだれてしまった。

6

「旦那、あの屋敷ですだ」

作兵衛が路傍に足をとめて前方を指差した。

なるほど古い屋敷だった。高い板塀がめぐらせてあったがだいぶ古く、朽ちて板がはずれている箇所もあった。屋敷も傷んでおり、庇《ひさし》の一部が垂れ下がったり、漆喰壁《しっくいかべ》が落ちたりしていた。ただ、敷地はひろく、松や欅《けやき》などの鬱蒼とした屋敷林につつまれていた。ひっそりとして、人声や物音はまったく聞こえてこなかった。ひぐらしが屋敷内を物悲しい鳴き声でつつんでいる。

三十郎は作兵衛に案内してもらい、工藤たち三人が押し込められているという根岸の古い屋敷に足を運んできたのだ。三十郎は深編み笠をかぶっていた。猿渡峠で顔を合わせた鬼頭一門の者や根岸派の藩士に気付かれないためである。

……これなら、侵入は容易だ。

三十郎は胸の内でつぶやいた。朽ちた板をはずせば、敷地内には簡単に入れそうだった。ただ、なかの警備の様子は分からない。

「表門はむこうか」

板塀の先に長屋門らしい屋根が見えた。

「へい」

「行ってみよう」

三十郎は周囲に人影がないのを確かめてから表門の方へむかった。

門前に警備の藩士は立っていなかった。近寄って見ると、門扉はとざされていた。斜交《はすか》いに厚板が打ち付けられている。門前に立って耳を澄ませたが、門の周囲で話し声や物音は聞こえなかった。

三十郎は門扉の間からなかを覗いて見た。正面の母屋と思われる屋敷の玄関先に、ふたりの武士が立っているのが見えた。警備の藩士であろう。ふたりは襷で両袖を絞り、たっつけ袴で手に六尺棒を持っていた。足軽ではないが、軽格の藩士らしい。他に警備の姿は見当たらなかった。

正面の母屋をつぶさに見ると、戸口の板戸がしめられ、やはり斜交いに板が打ち付けてあった。工藤たちはこの母屋に監禁されているようである。

……それにしても、手薄だ。

屋敷内にも警備の者はいるだろうが、あまりにも無警戒である。これでは、押し入って三人を連れ出してくれと言っているようなものである。

「裏手へまわってみるか」

そう言って、三十郎は板塀沿いに歩きだした。作兵衛は黙って跟《つ》いてくる。

裏手へまわる途中、板塀の間からなかを覗いてみると、敷地内にある家屋の様子が知れた。母屋の他に家士や奉公人が住んでいたらしい長屋、物置、厩《うまや》、土蔵などがあった。

長屋からくぐもったような男の話し声が聞こえたので、そこにも警備の者がつめているらしいことが分かった。ただ、それほどの多勢ではない。人声は複数だったが、三人ほどの声である。

裏手にも木戸門があった。やはり、厚板が打ち付けてあったが、簡素な門扉である。

掛矢《かけや》を使えば、簡単に打ち破れそうである。

なかを覗くと、木戸門からすこし離れた場所にひとり立っていた。裏手を警備しているらしい。

人数はすくないが空き家であるはずの屋敷に警備の者がいることからみて、工藤たちが監禁されているのはまちがいないようだが、八辺派の襲撃にそなえての厳重な警戒とは言いがたい。

……何かあるな。

その無警戒さが、三十郎に疑念を抱《いだ》かせた。

三十郎は、暮色につつまれた人影のない通りを指先で顎を撫でながら歩いていた。三十郎が考え込むときの癖である。

「作兵衛」

三十郎が顔を上げて声をかけた。

「なんです」

「あの屋敷に、食い物や酒をとどける者がいるはずだな」

屋敷内にすくなくとも五、六人は寝泊まりしているはずである。その者たちのために、食料や酒などを運び込む者がいるだろう。

「へえ、野菜は近くの百姓がとどけてるはずだが……。酒は六間町《ろっけんちょう》にある酒屋じゃァねえだかね」

作兵衛が目をしょぼしょぼさせて言った。

六間町というのは、騎馬町の西側にひろがる町人地で、職人や小商人《こあきんど》などが住んでいるという。

「野菜でも酒でもいいが、とどけている者を探し出せるか」

三十郎は、屋敷内に運び込む食料や酒の量から、なかに寝泊まりしている者の人数が知れるのではないかと思ったのである。

「すぐに、探し出せるだ」

作兵衛が得意そうな顔をして言った。

「手をわずらわせてすまぬな」

三十郎が殊勝な顔をして言うと、

「なに、気にすることたァねえ。旦那のためじゃァねえんだから。お嬢さまから工藤の旦那さまを助け出すまで、旦那にお仕えするように言われてるだ」

作兵衛は木で鼻をくくったような言い方をした。どうやら、作兵衛が三十郎の言いなりに動くのは、千勢の命によるものらしい。

7

二日後、作兵衛が根岸の古い屋敷に酒を入れている酒屋をつきとめてきた。六間町にある福田屋《ふくだや》という店だという。

「話を聞いてみるか」

三十郎は深編み笠をかぶり、作兵衛と連れ立って家を出た。

福田屋は下駄屋、瀬戸物屋、桶屋《おけや》など小体《こてい》な店の並ぶ町筋の一角にあった。軒下に酒林《さかばやし》がつるしてあり、店のなかに長床几が置いてあった。奥に酒樽《さかだる》が並び、店内は酒の匂《にお》いにつつまれている。

店内でも酒を飲ませるらしく、戸口近くの長床几に商人ふうの男がひとり腰を下ろして猪口《ちょく》をかたむけていた。

三十郎と作兵衛は、店の奥の長床几に腰を下ろした。そこなら戸口近くにいる男に話を聞かれる心配もないようである。

奥から四十がらみの親爺が出てきた。丸顔で目が細く小鼻が張っている。愛嬌《あいきょう》のある顔に、さらに愛想笑いを浮かべていた。

「親爺、酒をくれ。猪口は、ふたり分だ」

三十郎は作兵衛にも飲ませてやるつもりだった。作兵衛は目を細め、口元をだらしなくゆるめている。どうやら、酒に目がないようだ。

「へい、すぐにお持ちいたしやす」

親爺はいったん奥へ引っ込み、徳利と猪口を持ってきた。

「肴は何もねえのか」

「小芋の煮染《にし》めならありやすが」

「それでいい」

親爺が小芋の煮染めを運んでくると、

「おまえに、訊きたいことがある」

と、三十郎が声をひそめて言った。

「なんです」

親爺は戸惑いと警戒の色を浮かべた。

「おれは見たとおりの浪人だ」

「へい」

はじめから分かっていると言わんばかりに大きくうなずいた。

「騎馬町に、根岸さまの古いお屋敷があるな」

「ありやす」

「聞くところによると、根岸さまはあのお屋敷を警固するために、腕に覚えのある者を探しておられるとか。……おれは、腕に覚えがあるのだ」

「へえ、それで？」

親爺は何を訊かれているか、分からないようである。

「根岸さまにお会いする前に、あの屋敷のことが知りたい。仕官がかなうとはいえ、一日中つっ立っているのは、御免だからな」

「そんなもんですかね」

親爺は肩をすぼめて見せた。贅沢《ぜいたく》の言える身分かね、そう言いたげであった。

「この店は、あの屋敷に酒を運び入れたそうではないか」

「へい、二度運びやした」

「それなら、なかの様子が分かるだろう。おれは、それを聞きたいのだ。……屋敷のなかには何人ほどいた」

三十郎が親爺を見すえて訊いた。

「さァ」

親爺は首をひねった。

「さァ、じゃァ分からねえ。酒屋なら注文された酒の量で見当がつくだろう」

「四斗入りを三樽、運びやした。ひとり一升飲んだとして、四十人で三晩飲める勘定ですが……」

一斗は十升。四斗樽が三樽で、百二十升ということになる。

「あの屋敷に、四十人もいるのか」

三十郎は驚いたような顔をして、そう訊いた。

「何人いるか知りませんよ。そういう勘定になると言ったまでですよ。……てまえが見た感じでは、十人ほどでしたがね」

「十人な」

十人なら、相手が手練でも何とかなるだろう。

「ただ、夕方から増えると言ってましたよ」

親爺が、思い出したように言い添えた。

「うむ……」

夜襲にそなえて、夕方から警固を増やしているのかもしれない。

それから、三十郎は執拗《しつよう》にねばって親爺から聞き出したが、警固の者たちは母屋と長屋に住んでいるらしいことしか分からなかった。

三十郎と作兵衛が福田屋を出ると、外は深い夜陰につつまれていた。五ツ（午後八時）ちかいのかもしれない。

山の端《は》に、三日月が鋭利な鎌《かま》のようにひかっていた。小体な町家がごてごてとつづく通りは夜の帳《とばり》につつまれ、洩れてくる灯《ひ》もなく寝静まっている。路傍でコオロギが鳴いていた。夜陰を震わすような物悲しい声である。

「おらァ、旦那に言っておきてえことがある」

後ろから跟いてきた作兵衛が、いきなりしゃがれ声で言い出した。絡み付くようなひびきがある。

「なんだ」

「旦那は金ずくで千勢さまに味方してるようだが、よくねえ了見だ」

意見するような物言いである。

「うむ……」

後ろを振り向いて作兵衛の顔を見ると、熟柿《じゅくし》のように赭《あか》く染まり、つり上げた目が夜陰のなかでひかっている。だいぶ、酔っているようだ。それに、酒乱というほどではないが、酔うと気が大きくなる質《たち》らしい。

「おらァ、千勢さまが赤子のころからよく知ってるだ。あんな心の優しいお方はいねえ。……それによ、家族思いなんだ。今度のことでもよ、千勢さまは死ぬ気で兄上を助けようとしてるんだ。それを、旦那は端《はな》から金ずくで味方して、本腰を入れて助けてやらねえんだから、ひでえじゃァねえか」

今度は涙声になった。酔うと、感情の起伏も激しくなるようだ。

「分かった。分かった」

三十郎は苦虫を嚙み潰したような顔で言った。

「ちっとも、分かっちゃァいねえ。……分かってるなら、早《はえ》えとこ、工藤さまを助け出してくれ」

作兵衛が、怒ったように声を上げた。その拍子に体がふらつき、道沿いの板塀につっ込みそうになった。

「おい、世話をやかせるな」

三十郎は、慌てて作兵衛の体を抱きかかえた。

第三章　千勢

1

四ッ（午後十時）を過ぎていた。路傍の叢《くさむら》で、虫がやかましいほど鳴きたてている。頭上は満天の星空である。雑木林のなかを渡ってきた微風《そよかぜ》には、初秋の涼気があった。

その夜、三十郎は作兵衛を連れて家を出た。作兵衛の家の前にはわずかばかりの畑があり、さらにその先は雑木林になっていた。その林のなかで、梟《ふくろう》が鳴いていた。夜陰を震わすような重いひびきのある鳴き声である。

「旦那、やっぱり、ふたりだけなんで」

作兵衛が小声で訊いた。

「そうだ。怖ければ、このまま帰ってもいいぞ」

「怖かねえ。これでも、足腰は丈夫だ。逃げ足なら、旦那にも負けねえ」

作兵衛が声を大きくして言ったが、月光に照らし出された顔はこわばっている。

三十郎はこれから根岸の古い屋敷に侵入し、どのくらいの人数で屋敷をかためているのか、工藤たち三人が監禁されている場所はどこなのか探り出すつもりでいた。

作兵衛の家を出る前、三十郎がそのことを口にすると、

「おらも、行く。お嬢さまのためだ。旦那ひとりに任せちゃァおけねえ」

と作兵衛が勇み立ち、三十郎がとめるのもきかずついてきたのだ。

三十郎は、敵に見つかったら逃げればいいだろうと思い、それ以上帰れとも言わなかったのである。

三十郎はいつもの黒の単衣に羊羹色の袴、それに黒布で頬《ほ》っかむりしていたので、その姿は夜陰に溶けていた。作兵衛も、闇に溶ける茶の腰切《こしき》り半纏《ばんてん》に紺の股引という格好である。ふたりの足音も路傍の虫の音が消してくれるので、滅多なことでは警固の者にも気付かれないだろう。

根岸の古い屋敷は深い夜陰に沈んでいた。屋敷内は静寂につつまれ、鬱蒼と枝葉を茂らせた屋敷林が黒々と夜陰を圧している。

三十郎は屋敷を囲う板塀のそばまでくると、月明りを頼りに塀沿いを歩きながら侵入場所を探した。

……ここがいいだろう。

板塀が一枚朽ちて落ちていた。もう一枚はがせば、なかに入れそうである。三十郎が板をつかんで押すと、ベリッというちいさな音をたてて簡単にはずれた。その板も腐っていたのだ。

「作兵衛、ここで待っているか」

三十郎があらためて訊いた。

「なに言《ゆ》うだ。旦那こそ、ここにいてもかまわねえぞ」

作兵衛は意気込んで言ったが、声はかすかに震えている。

「行くぞ」

三十郎は、板塀の間から体をすべり込ませた。すぐに、作兵衛がつづく。

そこは母屋の西側にあたり、一抱えもある太い幹の欅が何本も鬱蒼と葉を茂らせていた。樹陰の闇は深く、ふたりは地面を這《は》うようにして母屋にむかった。母屋は二棟に分かれていて、短い渡りでつながっているようである。

近付くと、しだいに闇に閉ざされていた母屋の造りが見えてきた。

……まるで、牢屋敷だ！

三十郎は驚いた。屋敷そのものは大きいだけで変わった造りではないが、戸口や窓はすべて板戸がしめられ、さらに斜交いに厚板が打ち付けられていた。

出入り口は正面の玄関だけではあるまいか。そこには見張りの者が立っているはずである。これでは敷地内に侵入しても、戸を破って押し入ることもできない。

ただ、後ろの棟は風呂場や納屋などになっているらしく、前の棟にくらべると粗末な造りだった。それに、板戸はしめてあったが、板は打ち付けてなかった。

工藤たちは前の棟に押し込められているとみていいだろう。

……これが、丹波の策か。

どうやら、屋敷周囲の板塀からの侵入は無視しているようだ。ひろい敷地内への侵入を防ごうとすれば、警固を分散させなければならない。そこで、工藤たちを監禁している母屋だけを確実に守ろうとしたのであろう。

むろんそれだけではない。簡単に敷地内に侵入できるように見せかけているのは、八辺派の急先鋒を敷地内に呼び込んで討ち取る意図もあるにちがいない。

三十郎が母屋を見つめたまま黙考していると、作兵衛が、旦那、いつまでつっ立っているだ、と耳元でささやいて、三十郎の袖を引いた。

そのとき、ふいに三十郎が手を上げて頰をピシャリとたたいた。

ギョッ、としたように、作兵衛が身を硬くし、

「だ、旦那ァ、どうしやした」

と、ひき攣《つ》ったような声を上げた。

「馬鹿、蚊だ、でかい声出すな」

三十郎が渋い顔をして言った。

ふたりは、木の下闇を抜け、母屋の前の棟の脇へ出た。三十郎は首をまわして辺りの様子をうかがったが、付近に人のいるような気配はない。そこは板壁になっていて格子窓があったが、近くに座敷はないらしく暗くとざされている。

「旦那、あそこから灯《ひ》が……」

作兵衛が小声で言った。

見ると、前の棟の裏手から灯が洩れていた。かすかに、くぐもったような談笑の声も聞こえた。

後の棟との間に中庭があり、その庭に面した座敷の障子がぼんやりと灯明《とうみよう》を映している。その座敷に男たちが集まり、酒盛りでもしているらしい。

そこだけは雨戸ではなく、障子になっていた。おそらく、警固の者たちがつめている座敷なのであろう。

三十郎は、板壁沿いに足音を忍ばせて男たちの集まっている座敷へ近付いていった。

作兵衛は三十郎の尻にひっ付くような格好でついていく。

三十郎は部屋のそばの戸袋の近くに身を寄せて足をとめた。作兵衛も三十郎のそばに屈み込んで、闇のなかで息を殺している。

2

座敷から男たちの濁声《だみごえ》と瀬戸物の触れ合うような音が聞こえてきた。ときおり、下卑た笑い声もおこる。数人の男が、酒盛りをしているようだ。

ときおり、断片的に男の声が聞き取れた。ちかごろ涼しくなったお蔭で酒が旨《うま》いとか、屋敷の警固はいつまでつづくのかとか、どれもたわいない話である。女のことをしゃべっている者もいた。簪通りの女郎屋のことらしい。

そのとき、雑談を制するように重い声がひびいた。

……おい、工藤たちは生きてるだろうな。

三十郎は、その声に覚えがあった。鬼頭である。どうやら、鬼頭一門もこの屋敷に待機しているらしい。

鬼頭の声で、座敷が急に静かになった。その場の男たちは私語をやめ、視線を鬼頭に集めているようである。

……ぐったりしてますが、まだ死ぬようなことはないはずです。

別の男が答えた。

……工藤たちを殺すのは、まだ早い。生きている間に、根岸さまに楯突《たてつ》く跳ねっ返りどもをひとりでも多く殺さねばな。

鬼頭が低い声で言った。

……それにしても、屋敷へ押し入ってくるような気配がござらぬが……。稲葉をはじめとする跳ねっ返りどもは、怖《お》じ気付《け》いて外へも出られないのかもしれませんぞ。

年配と思われる男が、揶揄《やゆ》するように言った。

……佐川《さがわ》どの、油断なさらぬ方がいい。きゃつらはかならず来ますぞ。それに、稲葉たちには、栗林と世良というおそろしく腕の立つ牢人が、味方している。まともにやりあえば、当方もかなりの犠牲が出るはずでござる。

鬼頭が語気を強めて言った。

座はいっとき静まっていたが、鬼頭が、

……だが、そう懸念することはない。栗林と世良はわれら一門で斬るゆえ、貴公らは跳ねっ返りどもを討ち取ってくれ。

と、声高に言った。

……いずれにしろ、鬼頭どのたちがいてくれれば、何者も恐れることはござらぬ。

佐川がそう言うと、ふたたび私語や酒器の触れ合う音がおこり、座はざわついた雰囲気につつまれた。

三十郎は、別の男の声が聞こえる度《たび》に手の指を折っていたが、七、八人はいるようだ、とつぶやくと、足音を忍ばせてその場を離れた。座敷にいる人数を数えていたようである。

三十郎の後ろからついてきた作兵衛が、欅の樹陰にもどったところで、

「これで、帰るんけえ?」

と、物足りないような顔をして訊いた。

「まだだ、次は長屋だ」

三十郎は長屋にもいるとみていた。何人いるか、確かめねばならない。

「よし、行くべえ」

作兵衛が意気込んで言った。

「待て、ふたり雁首《がんくび》をそろえて歩きまわることはあるまい。長屋はおれひとりで十分だ」

「おらは?」

「作兵衛はひとりで母屋の裏手を探ってくれ。どこかで、話し声が聞こえないか耳を澄ませてまわるんだ」

三十郎が強い口調で言った。

「へえ……」

作兵衛は恨めしそうな顔をして三十郎を見た。ひとりで行くのが不安らしい。

「いいか、表門と裏門近くに警固の者がいるぞ。鉢合わせするなよ」

三十郎は、ひとまわりしたら侵入した板塀の所へもどるよう言い置いて、その場は離れた。作兵衛は困惑したようにつっ立っていたが、三十郎の姿が闇のなかに消えると、仕方なさそうに忍び足で母屋の裏手の方へ歩きだした。

長屋の格子窓からも灯《ひ》が洩れていた。男たちのくぐもった声や哄笑《こうしょう》が聞こえてくる。長屋でも男たちが集まって酒を飲んでいるらしかった。警備といっても、交替で見まわるだけなのだ。暇を持て余し、酒でも飲まないと間が持てないのであろう。

三十郎は声の聞き取れる場所まで近付き、板壁に身を寄せた。

聞こえてくる話は、八辺派の家臣に対する暴言や中傷が多かった。捕らえられている工藤たちのことや猿渡峠での戦いのことなどを声高にしゃべっている。いずれも軽格の藩士らしかったが、この騒動を通して根岸に認められ、栄進や家禄の加増を望んでいるらしいことが、言葉の端々から感じとれた。根岸派の重臣に声をかけられ、出世を餌《えさ》に警備にくわわっている者たちなのであろう。

……六、七人か。

三十郎は声から人数を読み取ると、その場を離れた。

板塀のそばで、作兵衛が待っていた。三十郎の姿を見ると、ほっとしたような顔をして走り寄ってきた。

「歩きながら話を聞こう」

三十郎は懐手をしたまま歩きだした。今夜のところは、このまま作兵衛の家へもどるつもりだった。

「作兵衛、何か知れたか」

歩きながら、三十郎が訊いた。

「屋敷のなかで、話し声が聞こえただ」

作兵衛が得意そうな顔をして言った。何かつかんだのであろうか。

「どこだ?」

「母屋の東側で、ぼそぼそと男の声がした」

「何を話していた」

酒盛りしていた連中とはちがうようである。三十郎は、その近くに工藤たちが監禁されているのではないかと思った。

「そこまでは、分からねえ」

話の内容までは聞き取れなかったという。

「何人いた」

「はっきりしねえが、ふたりより多かったようだな」

「うむ……」

話し声がしたのなら、ふたり以上いたのはまちがいあるまい。

「それに馬がいた」

「馬だと？」

「厩《うまや》に、三頭もいただ」

作兵衛が三十郎に顔をむけて目をひからせた。何か重大なことを探り出したような顔をしている。

「そうか」

本来空き家である屋敷内で、馬を飼っているはずはなかった。おそらく、警備の者が屋敷への行き来に乗っているのであろう。

三十郎は何かのおりに利用できるかもしれないと思ったが、馬のことは黙っていた。

すると、作兵衛が三十郎の顔を下から覗き込み、

「旦那に似ていた馬がいたで」

と言って、ニヤリと笑った。

「どうせ、おれは馬面《うまづら》だろうよ」

三十郎は憮然とした顔で言うと、作兵衛から逃げるように足を速めた。

3

「警固は、わずかです。押し入って、工藤さまたちを助け出しましょうぞ」

寺田が勢い込んで言った。

円光寺の庫裏に十人の男が集まっていた。稲葉、秋月、寺田、黒瀬、三十郎、世良、それに四人の八辺派の藩士がいた。

寺田は根岸の古い屋敷を探ったらしく、屋敷内で警備の任についているのは、七、八人だけだと口にした。おそらく、日中屋敷の周囲から敷地内を覗いて、そう踏んだのであろう。

「しかも、屋敷の板塀は古く、どこからでも容易に侵入できます」

寺田が言いつのった。

「七、八人じゃァねえぜ」

三十郎が口をはさんだ。

「おぬしが探ったのは、日中じゃァねえのか」

「そうだが」

寺田が訝しそうな目を三十郎にむけた。

「おれが、一昨日の晩、屋敷に忍び込んで探ったところ、腕利きが二十人以上はいたぜ」

母屋で酒を飲んでいた連中が七、八人、長屋にいたのが六、七人。表門近くにふたり、裏門近くにひとり、さらに作兵衛が探ってきた別の場所にも何人かいたはずである。すくなく見積もっても、二十人はいるだろう。それに、鬼頭をはじめとする一門の者が待機していることはまちがいないのだ。

「まさか、それほどは……」

寺田は信じられないといった顔をした。

「陽が沈むころ、ひとり、ふたりと屋敷内に入るようだ。屋敷をかこった板塀はどこからでも容易に入れるからな。その気で見張ってねえと、出入りするのが分からねえのさ」

「かりに、二十人としても、われらがそれ以上の人数で押し入れば、工藤さまたちを助け出せます」

寺田がうわずった声で言った。

「できねえな。丹波は一筋縄じゃァいかねえ男だ」

工藤たちを根岸の古い屋敷に監禁したのも丹波の差し金であろう。

「まわりの板塀は、どこからでも入れる。見たところ、警備も厳重じゃァねえ。あれを見ると、容易に三人を助け出せるような気になる。ところが、そうじゃァねえ。……三人が閉じ込められている屋敷をそばまでいって見てみな。ありゃァ、牢屋敷を破るよりむずかしいぜ」

「どういうことです」

寺田が訊いた。稲葉をはじめ一同の視線が、三十郎にむけられている。

「屋敷内に出入りできそうな戸や窓は、どこも厚い板が打ち付けられていてな、掛矢《かけや》でも破るのは容易じゃァねえ。三人が押し込められている屋敷内に出入りできるのは、玄関と裏手だけだ。そこには、鬼頭一門の腕の立つやつが、ごてぐすねひいて待ってるって寸法だよ」

「どうあっても、工藤どのたちはわれらに渡さぬということだな」

稲葉が苦渋の顔で言った。

「それもあるが、根岸や丹波の狙いはちがうぜ」

「どういうことだ」

稲葉が膝先を三十郎にむけた。

「江戸から唐丸籠で、運んだときと同じさ。工藤どのたち三人は囮だ。根岸と対立する八辺派の急先鋒たちを集めて、始末するためのな」

唐丸籠での護送も同じ手だった。警固の者をすくなく見せて八辺派の者に襲わせ、伏兵が前後から取り囲んで襲撃者を殲滅《せんめつ》しようとしたのである。今度の場合も屋敷内にたやすく侵入できると思わせ、襲撃者を呼び寄せて討ち取る策なのだ。

根岸にとって、八辺派の血気盛んな若い藩士たちは脅威なのだろう。根岸は暗殺や徒党を組んでの襲撃を、ことのほか恐れているにちがいない。さらに、藩を二分するような武力衝突が起こってもこまる。幕府に咎められれば藩の存続もあやうくなるし、そこまで至らなくとも執政の責任を取って職を辞さねばならなくなる。

そのため、罪人の奪還をくわだてた一味を討ち取ったというかたちで、八辺派の血気盛んな若い藩士たちを皆殺しにしようとたくらんだのであろう。

「おのれ、丹波め」

稲葉の顔が憎悪に赭黒く染まった。三十郎に指摘されて、丹波の奸策《かんさく》に気付いたのであろう。

「ですが、なぜ、そのような手を。われらを始末したいなら、直接狙ったらいいのではないですか」

寺田が言った。若い藩士たちの顔には、寺田と同じように腑に落ちないような表情があった。

「いや、それはできぬ」

三十郎に代わって稲葉が話した。

「いくら根岸でも、何の罪もない家臣を襲って斬殺することはできぬだろう。配下の者が下手に兇刃《きょうじん》をふるって捕らえられ、根岸の名でも口にしたら、それこそ取り返しがつかなくなるからな。ところが、罪人を奪おうとした者を殺すなら、何の遠慮もいらぬ。しかも、一度に何人も始末できるのだ」

「丹波の考えそうな策だぜ」

三十郎が言い添えた。

「工藤どのたちを屋敷に監禁したのも、われらをおびき寄せて殺すためか」

寺田にも、丹波の策謀《たくらみ》が分かったようである。

「三十郎どのの言うとおりだろう。……考えてみれば、処刑の日も決めず、古い屋敷内に監禁しておくのもおかしいではないか。われらが、押し入るのを待っていると考えれば、腑に落ちる」

「おのれ！　根岸、卑怯《ひきよう》な手を使いおって」

秋月が怒りをあらわにして言った。

「それに、おぬしらを殺すためだけじゃァねえ」

三十郎が指先で顎を撫でながら言った。

「他にも何かあるのか」

稲葉が訊いた。

「ああ、根岸の真の狙いは稲葉どのと久留米どの、それに最後は八辺どのだろうな」

三十郎の見たところ、八辺派の若い藩士を根こそぎ始末しても藩政そのものにはたいした影響はないはずである。それより、垣崎藩を完全に掌握するためには、八辺をはじめとする反対派の要人を始末する必要があるはずだ。

そのために、血気盛んな若い藩士たちの勢力を削ぎ落とし、暗殺や襲撃の脅威を取り除いた上で、稲葉たちに対して何らかの罪を捏造し、失脚させるか切腹させるかするつもりなのであろう。

三十郎の話を聞いた寺田が、

「敵がその気なら、われらも根岸の命を狙ったらどうでしょうか」

と、昂《たかぶ》った声で言った。秋月や他の若い藩士も、目をひからせてうなずいている。

「いや、それはできぬ。うまく根岸を討てたとしても、今度は根岸派の者が八辺さまや久留米さまの命を狙ってこよう。そうなれば、藩内は暗殺が横行し、それこそ政《まつり》事《ごと》もたちゆかなくなる」

稲葉が一同をたしなめるように強い口調で言った。

「それでは、手をこまねいて見ているしかないのか」

寺田が肩を落として言うと、次に口をひらく者がなかった。男たちは座したまま身《み》動《じろ》ぎもしなかった。座敷は重い沈黙につつまれている。

その沈黙を破って、

「手はあるぜ」

と、三十郎が言った。一同の視線がいっせいに三十郎に集まる。

「警備してるやつらを、いっぺんに斬ろうとしているからいけねえんだ。ふたり三人とすこしずつ始末し、数が減ったところで屋敷に押し入ればいい。……まず、三人が監禁されている屋敷に、陽が沈んでから入るやつらを狙うんだ」

「だが、根岸の配下というだけで、同じ家中の者を押しつつんで斬るのは」

稲葉が渋った。どうやら、稲葉は家臣同士が二手に分かれて殺し合いになるような事態は避けたいらしい。もっともである。

「分かった。おれと世良ならいいだろう。ふたりで、十人ほどぶった斬ってやる。どうだ、世良」

三十郎がそう言うと、これまで黙って聞いていた世良が、

「いいだろう」

と、低い声で言った。

「だが、おれはただじゃァねえぜ。この前話したとおり、ひとり頭、これだ」

三十郎は稲葉の方に片手をひらいて見せた。五両ということである。

それを見た寺田が、

「三十郎どのは、何をするのも金ですか」

と、戸惑いと揶揄するような表情を浮かべて言った。

「垣崎藩にかかわりのねえおれが、何で命懸けのあぶねえ仕事をしなけりゃァならね

えんだ。……丹波と掛け合えば、十両出すと言うかもしれねえ。そうなりゃァ、おぬしたちをひとり頭、十両で斬ることになるぜ」

三十郎がそう言うと、秋月が、なに、と声を上げ、かたわらの刀に手を伸ばした。若い藩士たちも色めきたって刀をつかんだ。なかには、殺気立った目をして腰を上げた者もいる。

「待て、三十郎どのが、金を求めるのは当然のことだ。……約束どおり、ひとり頭五両出す。それで、手を打ってくれ」

稲葉がその場を取りなすように言った。

「さすが、稲葉どのだ。話が分かる。ところで、世良はどうする。ただ働きか」

三十郎が世良に顔をむけて訊いた。

「おれは、金はいらん。垣崎藩のためになるなら、それでいい」

世良は抑揚のない声で言った。そうは言ったが、世良の本音は稲葉や八辺に恩を売って、垣崎藩に仕官することにあるのだ。

三十郎はそのことを知っていたが、

「いまどき、できた御仁《ごじん》だ」

と言って、感心して見せただけである。

4

千勢が居間で畳紙《たとうがみ》をひらいて秋口から着る袷《あわせ》を見ていると、障子があいて母親のふさが顔を出した。いつになく顔がこわ張っていた。何かあったらしい。

「母上、どうしました」

千勢が腰を浮かせて訊いた。

「吉江《よしえ》どのと菊乃《きくの》どのがみえています」

吉江は兄といっしょに捕らえられている村越の妻で、菊乃は桜井の妻である。

「すぐに、まいります」

千勢は畳紙をとじ、着物をその場に置いたまま立ち上がった。

廊下を歩きながらふさが口にしたところによると、ふたりはそれぞれ下働きの者をひとり供に連れただけで工藤家を訪ねてきたという。そして、応対に出た家士の鹿島に、ふさと千勢に会いたい旨を伝えたそうである。

吉江と菊乃は、玄関に近い客間に通されていた。ふたりとも顔が蒼ざめ、憔悴《しょうすい》しきっていた。吉江はほっそりした面長で、鼻筋のとおった顔をしていたが、頬の肉が抉り取ったようにこけ、顎がとがったように見えた。菊乃は色白でふっくらした面立ちをしていたが、肌に艶《つや》がなく、目の下に隈ができている。

工藤たち三人が江戸で捕らえられた後、ふたりの妻がどれほどの不安と恐れに苛《さいな》まれていたか痛いほど分かった。ふたりには頑是ない子供もいるのだ。夫を失う不安や恐れは、千勢たちより強いのかもしれない。

千勢とふさが対座すると、年上の吉江が、

「ふささま、千勢さま、前もってお許しもいただかず突然訪ねてまいったこと、お許しくださいまし」

と声を震わせて言い、深々と頭を下げると、菊乃も同じように低頭した。

「お手をお上げなさい。おふたりが、どんなに辛《つら》い思いをしているか、わたしどもも分かっております。それも、倅の伸八郎がいたらぬため、許していただきたいのはわたしどもの方ですよ」

ふさは優しい声でふたりを励ますように言った。

すると、ふたりは顔を上げ、

「わたしどもの夫は、根岸さまの古いお屋敷に閉じ込められていると聞きました」

と、吉江が話を切り出した。

「そのようです」

千勢が答えると、菊乃が身を乗り出すようにして、

「このまま処罰されるのを待っていて、よろしいのでしょうか」

と、切羽つまったような声で言った。

千勢は答えようがなかった。千勢も三人を助け出したいのだが、どうすることもできないのだ。ふさも黙っていたが、同じ思いにちがいない。

「同じ御役目の方から耳にしたのでございますが、ちかごろ閉じ込められている三人のお体の具合が、おもわしくないとのことです。何とか、お救いする手立てはないものでしょうか」

吉江が訴えるような口調で言った。

同じ御役目の者とは、目付のことであろう。ふたりの近所に目付役の者がいるにちがいない。

千勢は困惑したように眉宇を寄せて、視線を膝先に落とした。監禁されている三人の体調がおもわしくないという話は聞いていなかったが、それもうなずける話である。猛暑のなか、三人は狭い唐丸籠に押し込められて江戸から国許への長旅をつづけたのだ。しかも、国許に着いた後も、屋敷内に閉じ込められたままである。まともな食事も与えられていないにちがいない。頑強の者でも、体をこわして当然のような劣悪な

状況を強いられているのだ。

「三人が閉じ込められているお屋敷の警固は、それほど厳重ではないと聞きました」

吉江がきつい声で言った。声に、肚《はら》をかためたようなひびきがある。

「わたしも、それは聞いていますが……」

そのとき、千勢は、ふたりが捕らえられている三人を助け出したい、と言い出すのではないかと思った。

「稲葉さまたちが、三人を助け出そうと御尽力なされていることは、噂に聞きました。……ですが、わたしは凝《じっ》としていることができないのです。菊乃どのも同じ思いです」

さらに、吉江が言った。

「それで、どうしようと言うのです」

千勢の脳裏に、三十郎が口にした、下手に屋敷内に押し入ったりすれば、猿渡峠の二の舞いだぞ、との言葉がよぎった。ただ、女ふたりが、屋敷内に押し入って三人を助け出したい、と言い出すとも思えなかった。

「せめて、捕らえられている方たちに、会うことはかなわぬものでしょうか」

吉江がそう言うと、すぐに菊乃が、

「お顔を見て、一言だけでもお声をかけることができれば、励ましになると思うのです」

と、かすれた声で言い添えた。

どうやら、ふたりは捕らえられている三人を助け出すのではなく、せめて屋敷を訪ねて夫と顔を合わせて、一言なりとも声をかけてやりたいようだ。妻として当然の思いであろう。

千勢はいっとき視線を膝先に落として考え込んでいたが、

「いいかもしれませぬ」

と、顔を上げて言った。

三人が捕らえられている屋敷に出向き、堂々と素姓を名乗って面会を求めるのである。それを理由に、捕らえられるような理不尽なことはないだろう。三人に会えなくとも、屋敷の前で声を上げれば、捕らえられている三人の耳にとどくかもしれない。門前で追い払われて元々である。それに、門があけば、屋敷内の警備の様子を垣間見《かいまみ》ることができるかもしれない。

「明日にでも、三人で行ってみましょうか」

千勢が言うと、

「千勢さまにご一緒していただければ、心強うございます」

吉江が声を強くして言った。

吉江と菊乃の顔がいくぶん紅潮し、目にも強いひかりが宿ったように見えた。

そのとき、三人のやり取りを黙って聞いていたふさが、

「くれぐれも、早まったことをしてはなりませぬぞ」

と、心配そうな顔で言った。

母親としては千勢に行って欲しくない気持もあるのだろうが、かといってとめることもできないのであろう。

「決して、無理はいたしませぬ」

吉江が年長らしく落ち着いた声で言った。

5

その日は曇天だった。風がなく、大気にはねっとりしたような湿り気がある。厚い雲が空をおおっていたが、西の空には雲の切れ目もあったので、雨の心配はないのかもしれない。

五ツ（午前八時）ごろ、千勢は鹿島を連れて屋敷を出た。門前で、吉江と菊乃が待

っていた。ふたりは供を連れていなかった。武家の妻らしい地味な衣装に身をつつんでいる。

三人は顔を合わせると、無言でうなずき合った。そして、千勢が、参りましょう、と小声で言い、先に立って歩きだした。千勢は年下だったが、ふたりが兄の配下の妻だったので、自然と中心になった。

女三人、思いつめたような顔で武家屋敷のつづく通りを根岸の古い屋敷にむかった。鹿島がひとり、困惑したような顔をして跟《つ》いていく。途中出会った供連れの武士が、怪訝《けげん》な顔をして千勢たち三人を見送っていた。

半刻（一時間）ほど歩くと、工藤たちが捕らえられている屋敷の板塀のそばまで来た。

「気をしっかり持って、取り乱さぬようにいたしましょうぞ」

千勢が吉江と菊乃に念を押すように言った。

「はい」

三人は、あらためて顔を見合い、大きくうなずき合った。

屋敷内はひっそりして、人声や物音は聞こえてこなかった。表門の前にも警備の者はいなかった。表門はしまっている。

三人はこわばった顔で門扉の前に立ち、板の隙間からなかを覗いてみた。母屋の玄関先に立っているふたりの男の姿が見えた。警備の者らしく六尺棒を持ち、襷で両袖を絞っていた。他に人の姿はなく、屋敷内はひっそりとしている。

千勢は手で門扉を押してみた。閂《かんぬき》がかかっているらしく、びくともしない。

「どうしましょう」

吉江が小声で訊いた。

「ともかく、話してみましょう」

そう言うと、千勢は門扉をたたきながら、

「もし、お願いの筋がございます。工藤伸八郎の妹、千勢にございます。門をあけてくださいまし」

と、声を上げた。すると、千勢の脇にいた吉江が、

「村越繁太郎の妻、吉江にございます。どうぞ、夫に会わせてください」

と、絞り出すような声で言った。菊乃も、同じことを悲痛な声で訴えた。

女三人、次々に声を張り上げた。

板の隙間から見ると、玄関の前に立っていたふたりが、驚いたような顔をして門の方へ走り寄ってきた。

「お願いでございます。捕らえられている三人に会わせてください」

さらに、千勢が声を大きくして言いつのった。

ふたりの男は戸惑うような表情を浮かべてお互いの顔を見合っていたが、年長と思われる長身の男が、

「そこで、待て」

と言い置き、いそいで母屋の方へ駆けもどった。

男はそのまま玄関から母屋に入り、しばらくもどってこなかったが、やがて玄関先へ数人の人影があらわれた。武士が六人いた。いずれも藩士らしい屈強の男たちである。

六人は玄関の前まで出て来て、立ちどまった。すると、ひとりの年配の藩士が、さきほどの警備の男を連れて門扉の前に歩み寄ってきた。四十代半ばであろうか、姿を見せた男たちのなかでは身分が高いらしく、羽織袴姿で二刀を帯びていた。赤ら顔の恰幅《かっぷく》のいい武士である。

「それがし、佐川欽兵衛《きんべえ》にござる」

佐川は落ち着いた声で名乗った。

千勢は、顔は知らなかったが佐川の名を知っていた。同じ騎馬町に住み、百石を食

んでいるはずである。役職は分からなかったが、江戸から同行した寺田が、佐川は根岸に与していると口にしていたのを覚えていた。この屋敷で警備の者を指図する立場にあるのかもしれない。

「工藤仲八郎の妹、千勢にございます。せめて、兄の顔だけでも見せていただくわけにはまいりませぬか」

千勢が言うと、吉江と菊乃も、夫に会いたいと強く訴えた。

「そなたたちの気持は、よく分かる。……顔を見るだけならかまわんだろう」

そう言って、佐川は呆気《あっけ》なく千勢たちの要求を受け入れた。

佐川はすぐに、警備をしていたふたりに指示し、門をはずさせた。そして、門扉をすこしだけひらいて、女三人をなかへ入れた。

「こちらへ」

佐川は笑みを浮かべて、千勢たち三人を玄関の方へ先導した。

千勢たち三人は、いよいよ兄や夫に会える期待で胸が高鳴り、背後で門扉がとじられ門がかけられたことに気付かなかった。

千勢たち三人が玄関先まで来たときだった。両側に分かれて待機していた五人の藩士が突然、千勢たちに襲いかかった。

「な、なにをなさるのです！」

千勢は甲走った声を上げて、懐剣を抜こうとした。

そこへ、佐川が駆け寄って後ろから組み付き、

「召し捕れ！　この者たちは、咎人《とがにん》を逃がす気だ」

と、怒鳴った。

千勢の手から懐剣が落ち、駆け寄った別の男に後ろ手にとられて自由を奪われた。

「おのれ！　わたしたちを騙《だま》したな」

千勢は目をつり上げて叫んだが、どうにもならない。

吉江と菊乃にも屈強の藩士がふたりずつ組み付き、すぐに両腕を後ろに取って用意した縄で縛ろうとした。

そのとき、吉江が激しく身をよじって抵抗し、

「おまえさま！　おまえさま！　……どこに、おられます」

と、声をふり絞って絶叫した。

菊乃はひき攣ったような声で泣き声を上げている。

「引っ立てろ！」

佐川が怒鳴ると、五人の男たちは千勢たち三人を玄関から母屋のなかに連れていっ

た。

いっときすると、屋敷内は何事もなかったように静まり返り、またふたりの警備の者が六尺棒を手にして玄関先に立った。

6

「だ、旦那、えれえこった」

作兵衛が、血相を変えて駆け寄ってきた。

千勢の身に何かあったらしい。一刻（二時間）ほど前、作兵衛は、お嬢さまの様子を見てくる、と言って、工藤家へ出かけたのだ。

「どうした？」

三十郎は手にした湯飲みを膝先に置いた。作兵衛が出かけた後、三十郎は縁側に胡座をかき、貧乏徳利の酒を手酌でついで飲んでいたのである。

「お嬢さまが、つかまったらしいんで」

作兵衛がこわばった顔で言った。

「つかまっただと！」

思わず、三十郎が腰を浮かせた。

「へ、へい……」

「だれにつかまったのだ」

「旦那とおらが忍び込んだ屋敷の連中のようで」

作兵衛によると、千勢の母親のふさから、昨日、千勢が吉江と菊乃といっしょに根岸の古い屋敷に出かけ、そのまま帰らないことを聞いたという。

「昨日から帰らないのだな」

「そうらしいんで」

「だから言ったんだ、女は家でおとなしくしてろってな」

三十郎は怒ったような口吻《くちぶり》で言うと、かたわらに置いてあった刀を手にして立ち上がった。

「旦那、どこへ?」

作兵衛が訊いた。

「工藤どのが、捕らえられている屋敷だ」

「お嬢さまを助け出すんで」

作兵衛が腕まくりしながら言った。

「馬鹿、おれひとりで助け出せるか。まずは、様子を見てからだ」

いかに、三十郎でもひとりで屋敷内に踏み込んで、警備の者たちと斬り合うわけにはいかなかった。

「おらも、行く」

作兵衛はその気になって、三十郎の後につこうとした。

「だめだ。下手をすると、やつらに首を刎《はね》られるぞ」

今度は、この前ふたりで屋敷に忍び込んだようにはいかない。日中である。根岸派の者に顔を見られたら、作兵衛の命はないだろう。

「こ、怖かァねえ」

そう言ったが、作兵衛は首をすくめてその場に立ちどまった。

三十郎は作兵衛をその場に残し、小走りに騎馬町の根岸の古い屋敷にむかった。ちょうど下城時らしく、騎馬町に入ってから何人かの藩士らしい男と出会った。いずれも、慌てた様子で通り過ぎていく三十郎に訝しそうな目をむけていた。

三十郎は、一町ほど先に古い屋敷の板塀が見えるところまで来て足をとめた。どこかに身を隠すところはないかと思い、通り沿いに目をやると、十間ほど先に笹や灌木の密集した藪があった。

三十郎は藪のなかに身を隠した。旧邸の警備に行く者をひとり捕らえて、千勢たちのその後のことを吐かせるつもりだった。

陽は藪の先につづく雑木林のむこうに沈み、淡い夕闇が藪のなかに忍び寄っていた。西の空には血を流したような残照がある。藪のなかから虫の音が聞こえた。哀切を感じさせる弱々しい鳴き声である。

……来たぞ！

そのとき、武士がふたりこちらに歩いてくるのが見えた。中背で痩せた男と小柄な男である。ふたりとも小袖にたっつけ袴、腰に二刀を帯びていた。軽格の藩士らしいが、ふだんの衣装ではない。襷や鉢巻をすれば、そのまま戦いの装束になる。古い屋敷の警備に行くらしい。

ふたりは何やら話しながら、三十郎のひそんでいる藪の前にさしかかった。

「待て！」

突然、三十郎が藪から躍り出た。すでに、左手で刀の鯉口を切り、右手を柄に添えている。

ふたりの武士は、藪から飛び出してきた三十郎を見てギョッとしたように立ち竦《すく》んだが、

「こやつ、峠で襲ってきた男だ！」

と、中背の男が叫びざま刀の柄に手を添えた。どうやら、猿渡峠の戦いのおりに敵側にいたようだ。

「よく、覚えていたな」

ふいに、三十郎の腰が沈み、シャッという刀身の鞘走る音とともに腰元から閃光が疾《はし》った。

次の瞬間、にぶい骨音がし、中背の男の首がかしぎ、首根から驟雨のように血が噴出した。三十郎の抜きつけの一刀が、男の首筋をとらえたのである。

男は血を撒きながら後ろへよろめき、腰から沈み込むように倒れた。かすかに血の噴出音が聞こえただけで、男は呻き声も洩らさなかった。三十郎の一颯《いっさつ》で絶命したのである。

三十郎の動きはそれでとまらなかった。すばやい体捌きで反転すると、刀を抜きかけた小柄な男の首筋に刀身を当てた。

流れるような神速の体捌きである。

「首を落とされたくなかったら、おとなしくしろ」

三十郎は男を睨みつけ、凄味のある声で言った。

男は恐怖に目を剝き、凍りついたようにその場につっ立った。三十郎の迅技《はやわざ》に度肝を抜かれている。

「まず、こいつを片付けろ」

三十郎は刀身で男の首筋をたたき、中背の男の死骸《しがい》を藪のなかに引き摺り込むよう指示した。この場に放置しておけば、次に通りかかった者が騒ぎ出すだろう。

男は血の気《けう》の失せた顔で三十郎の指示に従い、倒れている男の両足をつかんで藪のなかへ引き摺り込んだ。

三十郎はニヤリと笑い、それでいい、と小声で言い、

「こっちへ来い、話を聞くだけだ」

と指示し、男を藪の裏手へつれていった。

7

「おまえの名は」

三十郎は小柄な男に名を訊いた。三十がらみ、眉が細く細い目がうすくひかっている。抜け目のなさそうな印象を与える顔だった。

「い、磯貝《いそがい》だ」

磯貝は声を震わせて名乗った。

「もうひとりの男は」

「広瀬《ひろせ》清三郎《せいざぶろう》」

「そうか」

三十郎は磯貝も広瀬も知らなかった。ただ、根岸派の軽格の藩士であり、猿渡峠の戦いにいたらしいことは分かった。

「千勢たち三人を捕らえたな」

三十郎が訊くと、磯貝は答える代わりにちいさくうなずいた。隠すつもりはないらしい。

「三人は、どこにいる」

「根岸さまの古い屋敷だ」

「工藤どのたちといっしょか」

「同じ屋敷だが、別の場所だ。夫婦で閉じ込めておくわけにはいかぬからな」

そう言ったとき、磯貝の口元にかすかな嗤いが浮いたが、すぐに消えた。

「女たちまで捕らえることはなかろう」

すでに、工藤たち三人を捕らえ、囮として監禁しているのである。

「人質だ」

磯貝によると、敵が大勢で屋敷を襲撃したとき、女三人を人質にして戦うつもりだという。

「女まで、利用しようというのか」

三十郎は苦々しい顔をした。

いっとき、三十郎が渋い顔で口をつぐんでいると、

「そこもとは、稲葉たちと何か縁があるのか」

と、磯貝が声をあらためて訊いた。目に狡智《こうち》そうなひかりがある。

「縁などあるものか」

「稲葉たち八辺派に勝ち目はござらぬぞ。……いかに、武勇をしめそうと、いずれ犬死にでござろう。仕官の望みがあるなら、いまのうちに根岸さまに味方した方がよろしゅうござるぞ。なんなら、それがしが、根岸さまの懐《ふところがたな》刀と言われている丹波さまに、話してやってもいいが」

磯貝が三十郎の心底を覗くような目をして言った。

「そうかな。おれは稲葉どのから、藩士の多くは八辺さまに味方し根岸の首がつながっているのも長くはない、と聞いているぞ」

三十郎は、磯貝から根岸派の様子を聞き出してやろうと思った。

「とんでもござらぬ。……きゃつらが旗頭と仰ぐ八辺は丹後屋という商人から不正の金を得ていたことが露見し、すでに蟄居の身なのだ。どう転んでも、この騒動に八辺たちが勝つ目はござらぬ」

磯貝が声を強くして言った。

「そうではあるまい。そもそも騒動の発端は藩の世継ぎ問題だそうだが、嗣子である五郎丸さまが継ぐのが筋だと考えている者が多いと聞いている。……おれがみても、分家した弟の主膳が継ぐというのは、おかしな話だ」

三十郎はさらに水をむけた。

「いやいや、そうではござらぬ。世継ぎといっても、主膳さまは幼少の五郎丸さまが成人されるまでの後見人なのだ。それに、殿は五郎丸さまの後見人として主膳さまに垣崎藩を継がせてもよいと肚《はら》をかためておられるのだ」

磯貝が向きになって言った。

「だがな、稲葉どのによると、工藤どのたち三人を助け出せば、家臣の多くが雪崩《なだれ》を打つように八辺派にくわわり、根岸派は一気にくずれるとのことだぞ」

「そんなことがあるものか。……そもそも、八辺派の者に工藤たちは助け出せぬ。助け出したとしても、当方にはさらに手があるのだ」

　磯貝は昂った声で言った。

「別な手などあるものか」

「ある。……すでに、根岸さまは手を打っておられるのだ」

「捕らえた三人の女を、処罰でもするつもりだろう」

「そうではない。稲葉だ。稲葉たちが、猿渡峠で藩の重罪人を助け出すために家臣を斬ったことを殿に申し上げるのだ。そのために、生証人は確保してあるし、重臣たちにも根回ししてあるそうだ」

　磯貝は三十郎に身を寄せ、声をひそめて言った。

「稲葉どのをな」

　やはり、根岸たちは工藤の次は稲葉に狙いをさだめているようである。

「そうだ。工藤を助け出しても、次は稲葉を同じようにわれらが確保する。稲葉の次は勘定奉行の久留米だ。……そのうち、八辺派の旗頭はいなくなり、黙っていても主膳さまが垣崎藩を継ぐことになる。そうなれば、根岸さまが城代家老の座に収まり、藩政を一手に動かすことになるはずだ」

　磯貝が、声を強くして言いつのった。

「そうなると、工藤どのたちを助け出しても、決着はつかぬわけだな」

「どう転んでも、八辺派の目はないのだ。おぬし、われらにつくなら、いまのうちだぞ」

磯貝の目に勝ち誇ったような色が浮かんだ。

「そうか。だがな、おれはどちらが勝とうと知ったことではないのだ」

三十郎が一歩身を引き、磯貝との間合を取った。

「どういうことだ?」

「おれは仕官より、目の前にぶら下がっている十両の方が大事なのさ」

言いざま、三十郎の体が居合腰に沈んだ。

三十郎の殺気を感知した磯貝が逃げようとして体を反転した瞬間、三十郎の抜きつけの一刀が、磯貝の脇腹を払った。

ドスッ、というにぶい音がし、磯貝の上半身が前に折れたようにかしいだ。三十郎の一撃は、磯貝の胴を両断するほど深くえぐったのである。

磯貝は両腕で腹を押さえ、がっくりと両膝を地面についた。そして、うずくまったまま低い呻き声を洩らした。

「とどめを刺してくれよう」

三十郎は磯貝の背後に近寄り、刀を一閃させた。

かすかな骨音がして、磯貝の首が落ち、首根から赤い帯のように血がはしった。血管から奔騰《ほんとう》した血は、音をたてて地面を赤く染め、その血海のなかに磯貝の首のない死体がつっ伏した。

三十郎は血塗《ちまみ》れた刀身を磯貝の袖口でぬぐって納刀し、懐手をして歩きだした。憮然とした顔付きをし、ときおり指先で顔の返り血をぼりぼりと掻いている。

8

その夜、めずらしく工藤家に仕えている鹿島が作兵衛の家に姿を見せ、明日の晩、三十郎に工藤家へ来て欲しいと伝えた。

「何の用だ」

三十郎は不機嫌そうな顔で訊いた。三十郎は工藤家に出入りしたくなかったのである。それというのも、自分と工藤家のかかわりが敵方に知られると、千勢だけでなく母親のふさにも累の及ぶ恐れがあったからである。

「稲葉さまと久留米さまがおいでになり、三十郎さまにおりいって相談があるそうでございます」

と、鹿島は蒼ざめた顔で言った。工藤につづいて千勢も捕らえられ、いま工藤家が未曾有《みぞう》の危機に立たされていることを肌で感じているのであろう。

「分かった。行くと伝えてくれ」

三十郎が承知すると、鹿島は深く頭を下げて辞去した。

翌日の晩、三十郎は作兵衛に途中まで案内させ、まわり道をして工藤家へ向かった。敵の目から逃れるためである。

工藤家の奥座敷には六人の男が座していた。稲葉、久留米、寺田、秋月、世良、それに八辺家の家士の堺徳右衛門《さかいとくえもん》という老武士だった。堺は八辺家に長く仕え、旗本の用人にあたる役を担い、家計や庶務を一手に引き受けているそうである。

燭台の灯に浮かび上がった五人の男の顔には、憂慮の濃い翳《かげ》が張り付いていた。世良だけは、相変わらず表情のない顔で隅に座している。

「三十郎どの、ご足労おかけいたす」

稲葉が三十郎に声をかけ、他の五人は無言で、三十郎に頭を下げた。

ふさは、新しくくわわった三十郎に茶を出すと、

「倅、伸八郎、それに娘の千勢がいたらぬため、このような不始末を起こし、まことに申し訳ございませぬ」

と言って、深々と頭を下げた。声はかすかに震えていたが、取り乱した様子はまっ

たくなかった。どのような窮地にあっても、武家の妻として気丈に振る舞おうとしているのであろう。千勢も勝ち気な娘だが、性格は母親譲りなのかもしれない。

「いや、此度《こたび》の件は工藤どのや千勢どのが責を負うようなことではござらぬ。これはみな、根岸たちの奸計《かんけい》によるもの。……いっときも早くふたりを助け出すため、今夜もこうして集まったのでござる」

久留米がおだやかな声音《こわね》で言った。

「かたじけのうございます」

ふさはもう一度、一同に頭を下げてから座敷を後にした。女の身で、男の密談にくわわるべきではないと思ったらしい。

「さて、工藤どのと千勢どのをどうやって助け出すかだが……」

稲葉が口火を切った。

稲葉がつづけて話したことによると、いつも円光寺では敵に気付かれるので、今夜は工藤家に集まることにしたそうである。それに、今夜の相談は工藤と千勢の救出のためであり、話の展開によっては母親のふさにもこの場に顔を出してもらい、工藤家の意向も汲みたいのだという。

「千勢どのまで捕らえるとは、あまりに卑怯です」

突然、寺田が声を震わせて言った。顔が蒼ざめ、目がつり上がっている。いつになく、気が昂っているようだ。

「何としても、千勢どののたちを助け出しましょう」

さらに、寺田は集まっている男たちに声を大きくして訴えた。

三十郎はその寺田の様子を見て、

……この男、千勢どのに惚《ほ》れておるのか。

と、胸の内でつぶやいた。寺田は千勢が敵に捕らえられことで、度を失っているようである。それに、工藤より先に千勢を助け出すことを口にしている。江戸からいっしょに旅をするうちに千勢に惚れたのかもしれない。そういえば、これまでも必要以上に千勢をかばうことが多かったようだ。

「寺田、そう焦るな。助け出すために、こうして集まっているのだ」

稲葉がたしなめるように言い、

「三十郎どのが言ったように、警備の者を屋敷外で討ち、人数を減らしてから屋敷内に踏み込む手はあるな」

と、一同に視線をむけながら言い添えた。

「おれは、昨日、広瀬と磯貝を斬ったぜ」

三十郎が言った。

「ふたりは、佐川欽兵衛の配下でござる」

稲葉によると、佐川は後使番で丹波の片腕のような男だという。

「そのふたりの話だと、千勢どのたち三人も工藤どのたちと同じ屋敷にとじこめられてるそうだ」

「それなら、いっしょに工藤さまたちも助け出せます」

寺田が腰を浮かせて声を上げた。

「そうはいかねえ。相手は一枚上手《うわて》だぜ」

三十郎は、下手に屋敷を襲撃すれば、敵は千勢たちを人質に取って戦うつもりであることを話した。

「大勢で押し入って屋敷にいるやつらを皆殺しにしても、捕らえられている六人を殺されたのでは本も子もねえだろう」

三十郎がそう言うと、寺田は戸惑うような顔をして視線を落とした。

「それだけじゃァねえ。根岸たちは、ここにいる稲葉どのや久留米どのたちも狙っているようだぜ」

三十郎が磯貝から聞き出したことをかいつまんで話し、

「千勢どのや工藤どのを助け出しても、決着はつかねえ。人質が稲葉どのや久留米どのに代わるだけの話だ」

と、言い添えた。

「根岸め、どんな手を使っても垣崎藩を意のままにしたいらしい」

久留米が絞り出すような声で言った。

稲葉や堺の顔も苦渋にゆがんでいる。次に口をひらく者はいなかった。座は重苦しい沈黙につつまれている。

「いつも根岸や丹波の後手を踏んでるからいけねえんだ。こうなったら、こっちから攻めるしかねえな」

三十郎が顎を指先で撫でながら言った。

「攻めるとは?」

稲葉が訊いた。一同の視線がいっせいに三十郎に集まっている。

「敵の親分の根岸を始末しちまえばいい」

三十郎が稲葉を睨むように見ながら言った。

すると、これまで黙って話を聞いていた世良が、

「おれも、根岸と丹波を始末せねば、こっちの勝ち目はないとみる」

と、言い添えた。

「し、しかし、暗殺は……」

稲葉は困惑したような顔をして、久留米と堺に目をやった。ふたりも逡巡するように視線を動かしている。

「暗殺が嫌なら、藩主の上意による討っ手ということにすればいい。……根岸にも探れば何か悪事が出てくるだろう」

根岸はいま執政の立場にいる。権力の座にある者には驕《おご》りがあり、かならず何らかの失政や不当な利益を得たことがあるだろう。豪奢な屋敷を建て替えたことから見ても、何か不正があるはずである。

「そのことなら、八辺さまに心当たりがあるようでございます」

堺が口をはさんだ。

堺によると、八辺が城代家老の座にいるとき、根岸の不正や非行に気付いて大目付の工藤に命じて根岸の身辺を探らせたことがあったという。

「根岸は己の不正をあばかれるのを恐れたこともあり、主膳さまにすりよって無理やり八辺さまにあらぬ罪を着せて蟄居させたのでございます。……それに、此度工藤さまを捕らえたのも、そのときの不正をあばかれる恐れがあったからに相違ございませぬ」

界は静かだが、強いひびきのある声で言った。

「うむ……」

それらしい話は、三十郎も聞いていた。

「八辺さまによれば、工藤さまたち三人を助け出せば、根岸たちの不正をあばくことできぬことはない、ともうされておりましたが」

「となると、根岸を斬るためにも工藤どのを助け出すのが先か」

三十郎がそう言うと、

「そうです、早く工藤さまや千勢どのたちを助け出しましょう。家中でも、稲葉さまをお助けしたいという声は強うございます」

寺田が声を大きくして言った。

「そうだな。根岸を斬っても、工藤どのや千勢どのを見殺しにしたんじゃァ、寝覚めが悪いからな。……何とか、あの屋敷から助け出す手を考えるか」

三十郎はそう言うと、指先でしきりに顎を撫で始めた。

第四章　奪還

1

「旦那、お似合いだぜ」

作兵衛が三十郎の姿を見て、ニヤニヤ笑っている。

三十郎は、粗末な腰切り半纏に膝に継ぎ当てのある股引を穿《は》いていた。作兵衛から借りたのである。

これから、三十郎は森野町にある根岸の屋敷を見張りに行くつもりだったが、浪人体では敵に気付かれるので身装《みなり》を変えていたのである。また、髷《まげ》と顔を隠すために手ぬぐいで頬っかむりしていた。

「馬でも曳けば、百姓というより馬子のようだで」

そう言って、作兵衛はまた笑った。

「うるせえ。黙ってついてこい」

三十郎は苦虫を噛み潰したような顔で言い、怒ったように歩きだした。三十郎は小脇に丸めた茣蓙《ござ》を持っていた。なかに刀が入っている。敵に正体を見破られたときの備えに、大小だけは持っていたのである。

五ツ（午前八時）ごろだった。陽はだいぶ高くなっていたが、田の畔道《あぜみち》の草には朝露が残っていて草鞋履きの足を濡《ぬ》らした。

三十郎は寺田から根岸が登城するために、屋敷を出るのは五ツ半（午前九時）ごろだと聞いていた。屋敷近くで見張り、根岸が登城するおりの供揃《ともぞろ》えを見たかったのである。

畔道はすぐにとぎれ、雑木林や針葉樹の森の残る高台へ出た。道はひろくなり、城下の方へつづいている。その道沿いに築地塀や長屋門を構えた武家屋敷が点在していた。森野町である。

三十郎と作兵衛は、垣崎城が正面に見える地に出た。一町ほど先に根岸屋敷の築地塀と深緑を茂らせた屋敷林が見えた。

「ここら辺りで、いいだろう」

道は鬱蒼とした杉や檜の森のなかにつづいていた。太い幹の陰にまわれば、姿を隠すことはたやすかった。

「この森は、鷹《たか》ノ森《もり》と言いますだ」

作兵衛によると、森に鷹がよく巣をつくることからそう呼ばれているという。

森のなかは森閑とし、湿気を含んだ大気につつまれている。ちかくの樹間で、カサカサと枯れ葉の上を小動物が歩くような音がした。雉《きじ》か野兎《のうさぎ》でもいるようだが、姿を見ることはできなかった。

「そろそろ来てもいいころだな」

三十郎は根岸の屋敷の方に目をやったが、根岸たちは姿を見せなかった。

「おらが、様子を見てこようか」

「よせ、正体が知れたら、首が飛ぶぞ」

三十郎が脅しつけると、作兵衛は樹陰にひっ込んで身を縮めた。

それからいっときして、通りの先に人影があらわれた。武士の短い行列である。

「駕籠か」

行列のなかほどに駕籠があった。根岸が乗っているにちがいない。

……やけに供が多いな。

陸尺もくわえて二十人ほどいた。中老の登城にしては、供揃えが多い。

一行はしだいに近付いてきて、三十郎たちのひそんでいる前を通りかかった。駕籠の左右に四人、前後に五、六人の侍がしたがっている。いずれも屈強の侍で、武芸で鍛えたらしく腰の据わっている者が多かった。

……根岸め、襲撃を恐れているな。

と、三十郎は見てとった。顔を知っている者はいなかったが、腕に覚えのある者を集めたにちがいない。

根岸の一行が通り過ぎ、道の遠方にちいさくなってから三十郎と作兵衛は通りへ出た。

「これから、どうするだ」

作兵衛が訊いた。

「根岸の後をついて、城まで行ってみよう」

三十郎は根岸の登下城の道筋を見ておきたかったのである。

ふたりは、根岸の一行を遠方に見ながら歩きだした。鷹ノ森のなかの道は短く、すぐに雑木の疎林や武家屋敷のつづく地域に出た。

やがて森野町を抜け、下級藩士の小体な屋敷が軒を連ねる町へ出た。作兵衛によると、そこは深堀町《ふかぼりちょう》とのことだった。しばらく歩くと深堀町の家並はとぎれ、また重臣の屋敷がつづく通りへ出て、すぐに城の濠へ突き当たった。濠沿いをすこし歩けば、大手門の前へ出る。

そこで、三十郎は足をとめた。

「ここまでだな」

これ以上、根岸の後をつけて歩く必要はなかったのである。

三十郎は作兵衛の家へもどるつもりで歩きながら、いまたどってきた道筋を頭のなかに思い描いてみた。

……やはり、あの森か。

三十郎は、根岸家に近い杉や檜の鬱蒼とした鷹ノ森が襲撃の適所だと思った。工藤家で稲葉たちと会った夜、三十郎たちは工藤や千勢たちを助け出す策を練ったのだ。

そのとき、三十郎はしばらく考えてから、

「六人がとじこめられている屋敷から、警備の者を外へ出すより手はねえな」

と、切り出した。鬼頭一門をくわえ、大勢で警備している屋敷に踏み込むのは危険が大き過ぎるのだ。

「何か策がござるか」

寺田が身を乗り出すようにして訊いた。

「おれたちが工藤どのたちを助け出すことを諦《あきら》め、根岸の登下城時を狙って襲うつもりでいるとの噂を流すのだ」

その噂が根岸の耳にとどけば、根岸は古い屋敷につめている鬼頭たちを呼び、登下城時の警固に当たらせるはずである。

「鬼頭たちが屋敷を出て警備が手薄になった隙をついて、工藤どのや千勢どのたちを助け出すのだ」

「うまく、乗るかな」

稲葉が言った。

「噂だけでは、だめだな。根岸を震え上がらせるには、実際に襲う真似ぐらいしないとな」

実際に何人かで根岸の登下城時の道筋の下見をしたり、襲撃の真似だけでもして見せれば、根岸も恐れをなし、警固を厳重にせざるを得なくなるだろう。

「よし、それでやってみよう」

稲葉が意を決したように言った。久留米や世良も承知し、屋敷の警備をできるだけすくなくした上で工藤たちを助け出すことになったのだ。

三十郎は歩きながら、登城時がいいだろう、と思った。寺田たち数人を鷹ノ森にひそませ、襲撃の真似をして見せるのである。

2

それから十日ほどして、三十郎は円光寺の庫裏で寺田たちと会った。顔を見せたのは、寺田、秋月、世良である。稲葉と久留米は顔を見せなかった。その後の経過を伝え合うだけだったので、四人だけでじゅうぶんだった。

納所《なっしょ》が運んできた茶で喉をうるおした後、

「その後の様子を話してくれ」

と、三十郎が寺田へ顔をむけて言った。

「稲葉さまと久留米さまのご配慮で、家中に噂を流しました」

寺田によると、稲葉と久留米が配下の先手組や勘定方の者を使ってそれとなく噂を流したという。

「それで、鬼頭たちは動いたか」

肝心なのは、根岸の古い屋敷内の動きである。

「根岸の警固が増えました」

寺田によると、根岸の登下城時の供のなかに鬼頭一門の者が数人くわわったという。

「鬼頭と鳥谷は、どっちだ」

三十郎は鬼頭一門のなかでは、鬼頭と鳥谷が出色の遣い手だとみていた。ふたりがどこにいるかで、屋敷の警備の様子が知れるのである。

「土屋は根岸にしたがっていましたが、鬼頭と鳥谷の姿はありませんでした」

「まだだな」

根岸は登下城時の警固をかためたが、古い屋敷の戦力も減らしてはいないのだ。

「どうします？」

寺田が訊いた。

「根岸を脅しつけてやるしかないな」

「襲撃ですか」

秋月が顔をこわばらせて訊いた。

「真似だけだがな」

「何人ほど集めますか」

そう言って、寺田が身を乗り出した。

「ここにいる四人でじゅうぶんだ」

稲葉や久留米にも知らせる必要はないと思った。

「やりましょう」

寺田が言い、秋月がうなずいた。ふたりともやる気になっている。

「肝心なのは逃げ足だ。速く走れるような身拵えをしてきてくれ。それに弓があるといいな」

「弓を遣うのでござるか」

「そうだ。遠くから脅すには、何か飛道具がないとな」

鉄砲まではいらないだろう、と三十郎は思った。

「それで、いつやる」

世良が、抑揚のない声で訊いた。

「明日の登城時はどうだ。早い方がいいからな」

三十郎がそう言うと、三人は無言でうなずいた。

「よし、決まりだ。暗いうちに、根岸の屋敷の近くにある鷹ノ森へ集まってくれ」

三十郎は、三人に下見しておいた場所をくわしく話した。

翌未明、鬱蒼とした森のなかで、四人は顔をそろえた。東の空は明るくなり、遠方の山々の稜線や森の木々の輪郭は識別できたが、まだ森のなかは深い闇につつまれていた。風がなく、耳鳴りのするような静寂が辺りを支配している。四人の目ばかりが異様にひかっている。

三十郎はいつもの着古した小袖と羊羹色の袴で来ていた。ただ、袴の股だちは取っている。他の三人はたっつけ袴に草鞋履きである。弓は寺田と秋月が持ってきていた。

「二手に分かれよう」

三十郎は、道の両側から仕掛けた方が多人数で襲ったように見えるだろうと思った。世良と秋月、三十郎と寺田が組んで道の両側に分かれることにした。そして、逃走後に落ち合う場所を決めてから四人は二手に分かれた。

いっときすると、辺りはだいぶ明るくなり、薄闇のなかに乳白色の朝霧が識別できるようになった。霧は鷹ノ森の木々の間を這うように流れていく。

さらに、小半刻（三十分）ほどすると、朝陽が森の木々の幹の間から地表に射し込み、霧が薄れて下草が色彩を取り戻し、木々の梢から野鳥のさえずりが聞こえてきた。森は目覚め、色彩と活力に満ちてきたのである。

三十郎と寺田は、道からすこし離れた森のなかの熊笹の密集したなかに腰をかがめて身を隠していた。

さらに半刻（一時間）ほどが過ぎ、その間に登城する供連れの武士が何人も通ったが、根岸は姿を見せなかった。

三十郎がすこし焦《じ》れてきたとき、寺田が笹のなかから立ち上がって、

「来ますぞ！」

と、声を殺して言った。

「よし、弓の用意をしてくれ。おれが、それらしく騒ぎ立てる」

そう言うと、三十郎は笹のなかから首を突き出すようにして通りを見た。

なるほど、二十数人の供をしたがえた一行が、こちらへ進んでくる。根岸の一行にまちがいないようだ。以前見たときより、何人か増えている。

一行はしだいに近付いてきた。根岸の乗っている駕籠は行列のなかほどにあった。駕籠の前後に七、八人、左右に四人の武士がしたがっていた。なかに、土屋の顔があった。他に猿渡峠で見掛けた敵側の男もいる。

一行が正面にさしかかったとき、ふいに三十郎が立ち上がり、

「やれ！」

と叫び、熊笹のなかを走り出した。

ザザザッ、と笹を分ける激しい音がし、三十郎の姿が丈の高い笹や杉の太い幹の陰

などに見え隠れした。通りから見ると、何人も動いているように見えるはずである。

「敵襲！」

駕籠の先棒の前にいた恰幅のいい武士が叫び、数人の男が抜刀して駕籠の周囲に駆け寄った。

そのとき、矢音がし、駕籠のそばに矢が突き刺さった。寺田が放ったのである。

「左手だ！　根岸さまをお守りしろ」

別の男が叫び、さらに数人が駕籠のまわりへ走り寄った。陸尺は駕籠を置き、こわばった顔で身をかがめた。

と、反対側からも笹を分ける音がし、人影が見え隠れした。つづいて矢も飛来した。世良と秋月が仕掛けたのである。

「右手にもいる！　挟み撃ちだ。……駕籠を出せ、この場から逃げるのだ」

恰幅のいい武士が叫んだ。供まわりの頭格らしい。

陸尺が駕籠を担ぎ、駕籠の周囲を十数人で取り囲み、森のなかを走り出した。その場に八人だけ残り、そのなかにいた土屋が、

「迎え撃て！」

と、声を上げた。

八人はそれぞれ抜刀し、左右から斬り込んでくるであろう襲撃隊を迎え撃つように身構えた。鬼頭一門はすべて残ったらしく、それぞれの身構えにも隙がなかった。

……そろそろ、いいだろう。

三十郎は胸の内でつぶやき、

「引け！　引け！」

と、大声を上げ、熊笹のなかを左右に走りながら後退した。何人もいるように見せるためである。樹陰から弓を射っていた寺田も熊笹を分けて、その場から逃げ出した。道の反対側にいた世良と秋月も逃げ出したらしく、熊笹を掻き分ける音が遠ざかっていく。

土屋たちはその場から動かなかった。下手に森のなかに踏み込めば、返り討ちにあうと思ったのであろう。

3

戸口の方で、訪《おとな》いを請う声が聞こえた。寺田である。作兵衛夫婦は、近くの畑に野良仕事に出ていて留守だった。

そのとき、三十郎は縁側の柱に背をあずけてひとりで酒を飲んでいたが、腰を上げ

るのが面倒だったので、

「庭へまわってくれ」

と、声を上げた。

戸口から庭先へまわって来たのは寺田と秋月だった。どういうわけか、ふたりとも月代《さかやき》や無精髭が伸び、深編み笠を手にしていた。袴もよれよれで長旅でもしてきた浪人のように見える。

「どうした、その格好は」

三十郎が訊いた。

「屋敷にもどれなくなりまして」

寺田によると、根岸は登城時に襲撃した者たちを捕らえると称し、横目付や徒目付《かち》などに命じて、寺田家や秋月家の周辺を探らせているという。それで、ふたりは自分の家へ帰れず、まだ根岸たちに目をつけられていない同志の屋敷にかくまわれているそうである。

三十郎たちが、鷹ノ森で根岸の登城時に襲撃を装ってから五日経っていた。根岸は自分が襲われたことで、凝《じっ》としていられなくなったのであろう。

「それにしても、ふたりが襲ったと、どうして分かったのだ」

鷹ノ森で根岸たち一行に仕掛けたとき、寺田も秋月も姿を見られていないはずである。

「猿渡峠で目撃された仲間の屋敷はすべて、探られているようです」

秋月が言った。

「根岸も、わが身に火の粉《こ》が降りかかってきたので、囮にひっかかるのを待っていられなくなったようだな」

いよいよ、実力行使に出たということであろう。

「それに、根岸の供まわりが増えました」

根岸は、さらに供揃えを七、八人増やしただけでなく、前もって登下城時の道筋を巡視させるという厳重な警固態勢をとっているという。

「鬼頭と鳥谷はどうしている」

気になるのは、ふたりがどこにいるかだった。

「鬼頭は一門の者を数人引き連れ、根岸の警固にくわわっています。鳥谷だけは、騎馬町の工藤さまたちが監禁されている屋敷に残っているようです」

「古い屋敷は、鳥谷にまかせるということだな」

鬼頭一門の主力は根岸の登下城時の護衛についたとみていい。根岸が、それだけ襲撃を恐れているという証左であろう。三十郎たちにとっては、狙いどおりである。

「ただ、鬼頭と一門の者は根岸が城に入ると、騎馬町の屋敷にもどっています」

寺田によると、日中の間は、鬼頭たちもいままでどおり古い屋敷に待機し、下城時になると城門のちかくで根岸を出迎え、一行にしたがって森野町の屋敷へ行って翌朝まで過ごすという。

「下城時から朝まで、鬼頭たちは古い屋敷をあけるのだな」

念を押すように三十郎が訊いた。

「そうなります」

「よし、明日の夜明けにやろう。それで、何人ほど集められる」

「二十人は集められます」

「それだけいれば、何とかなる」

鬼頭が数人連れて出れば、古い屋敷に残っているのは、十数人であろう。それに、遣い手は鳥谷ひとりになる。

「稲葉どのも、来るのか」

三十郎が訊いた。

「はい」

「それなら、稲葉どのに正面から押し入ってもらおう。その隙に、おれと世良、それにおまえたちふたりの四人で、裏手から侵入して先に工藤どのや千勢どのたちを助け出すんだ。後は、歯向かうやつらをぶった斬ればいい」

そう言って、三十郎はこまかい策を話し、今夜のうちに稲葉と世良に伝えるよう指示した。

「承知」

寺田が目をひからせて言った。

その晩、夕めしの後、三十郎が刀の目釘《めくぎ》を確かめていると、作兵衛が身を寄せてきて、

「旦那、いよいよ、やる気だな」

と、耳元でささやいた。

「どうして分かる？」

「旦那の顔付きを見りゃァ分かるだよ。それに、刀の具合を見るなど、ただごとじゃァねえ」

作兵衛がもっともらしい顔をして言った。

「工藤どのたちを助けるつもりだ」

「やっぱりそうか」

「夜襲をかける」

「よし、おらも行く」

作兵衛が目をつり上げて言った。

「首を刎られても知らねえぞ」

「そんなへまはしねえ。それに、何としても千勢さまをお助けしねえとな」

そう言って、作兵衛は両袖をたくし上げた。

「おまえ、やけに勇ましいじゃァねえか。まさか、その歳で千勢どのに惚れてるんじゃァねえだろうな」

三十郎がからかうように言うと、

「ば、馬鹿こけ、この歳で惚れた腫《は》れたじゃァなかんべえ」

作兵衛は顔を赤くし、向きになって言った。

「もっともだ。……まァ、連れていけば何かの役に立つだろう」

三十郎は承知した。

「ところで、作兵衛、掛矢はあるか」

「納屋に古いのがあるが、そんな物どうするだ」

作兵衛が怪訝な顔をした。

「雨戸をぶち破るんだ」

三十郎は裏口の戸があかなければ、打ち破るより手はないと思っていた。

「すぐ、持ってくる」

作兵衛は勇んで納屋へむかった。

その夜、丑《うし》ノ刻《こく》（午前二時）を過ぎて、三十郎と作兵衛は家を出た。満天の星空である。十六夜《いざよい》の月が、皓々とかがやいている。風のなかには晩秋の冷気があり、上気した肌に染みるようであった。城下の家並は夜の帳《とばり》に沈み、ひっそりと寝静まっていた。通りを歩く人影はまったくない。

三十郎と作兵衛は黒っぽい装束に身をつつんでいた。家の軒下や物陰に入ると、ふたりの姿は闇に溶け、かすかな足音が夜の静寂《しじま》のなかに聞こえるだけになる。

根岸の旧邸の板塀のそばまで行くと、塀沿いの闇のなかで動く人影が見えた。数人いる気配がする。

「三十郎どの」

小声で言って、寺田が近付いてきた。つづいて、板塀沿いの闇のなかから月光の降り注ぐ通りへ秋月と数人の藩士が出てきた。いずれも、闇に溶ける黒や茶の装束に身をつつみ、襷がけである。

「稲葉さまはまだですが、じきに見えましょう」

秋月が言い添えた。

「屋敷のなかに変わりはないか」

「寝入っているようです。塀沿いをひとまわりして見ましたが、人声は聞こえませんでした」

と、寺田。

「屋敷の警備は？」

「いつものように寝ずの番が表門のちかくにふたり、裏門のそばにひとりおります」

「稲葉どのたちが来たら仕掛けよう」

三十郎が言うと、周囲に集まった藩士たちが目をひからせてうなずいた。

4

東の空がかすかに明らんできていた。小半刻（三十分）もすれば、黎明《れいめい》の時をむかえるだろう。屋敷内はまだ深い闇につつまれていたが、上空の星のかがやきは薄れてきたようである。

そのとき、稲葉が姿を見せた。十数人の藩士をしたがえている。何人か見た顔もあった。猿渡峠の襲撃にくわわっていた藩士たちである。

三十郎は稲葉と顔を合わせると、

「では、おれたち五人は先に行くぞ」

と言い残し、その場を離れた。世良、寺田、秋月、それにすこし遅れて作兵衛がつづく。

三十郎たちが裏手から屋敷内に侵入した頃合をみて、稲葉たちが表から押し入ることになっていたのだ。

三十郎たち五人は塀沿いを歩き、以前作兵衛とふたりで忍び込んだ場所から敷地内に入った。

「こっちだ」

そこは母屋の西側にあたり、塀沿いに欅が鬱蒼とした葉を茂らせていた。すでに紅葉が始まったのか、わずかだが地面に枯れ葉が落ちていた。

五人は木の下闇を抜け、母屋の脇へ出た。以前、作兵衛と忍び込んだ場所だったので様子が分かっていたのである。

三十郎は軒下闇に身をかがめ周囲に目を配った後、耳を澄ました。母屋から洩れてくる灯《ひ》はなく、物音や話し声も聞こえなかった。後ろの長屋もひっそりしている。どうやら、屋敷内にいる者たちは寝入っているようである。

「作兵衛、おまえが話し声を聞いたのはどの辺りだ」

三十郎が後ろを振り返って小声で訊いた。

「あの辺りだ」

作兵衛が伸び上がるように母屋を指差した。

「あの辺りじゃァ分からねえ。おまえ、先に行け」

「わ、分かっただ。……旦那、掛矢を持ってくれ。後ろの旦那をたたいちゃァもうしわけねえ」

「よこせ」

三十郎はひったくるように掛矢を取ると、肩に担いだ。

作兵衛は軒下闇をつたうようにして母屋の裏手へまわった。しばらく歩くと、長屋の先に板塀と裏門が見えてきた。空が明るくなってきたせいか、しまっている木戸門もはっきり識別できる。

「旦那、あそこに見張りが」

作兵衛が裏門の方を指差した。

見ると、見張りがいる。ひとりだった。六尺棒を持って、退屈そうに門の前を行ったり来たりしている。

「それで、話し声を聞いたのはどの辺りだ」

三十郎がもう一度訊いた。

「あそこの欅の手前に、厩があるだ。分かるだか」

「分かる」

欅の大樹の脇に厩らしい小屋がある。

「旦那に似た顔の馬がいるのは、あそこだで」

「余分なことは言うな」

三十郎が苦々しい顔で言った。

「ちょうど、厩の前のあたりの母屋のなかで、男のしゃがれ声が聞こえただ」

「うむ……」

そこは、裏の棟につづく渡り廊下を隔てて鬼頭たちが酒盛りをしていた座敷の反対側になっていた。どうやら、その辺りが工藤たちの監禁場所になっているようだ。

「裏口はどこだ」

「そこにある廊下の先だで」

作兵衛によると、渡り廊下の先が台所になっていて出入りする引き戸があるという。

「よし、そこから入ろう」

三十郎は裏口から侵入し、一気に工藤たちが監禁されているであろう座敷へ踏み込もうと思った。

「おら、行くぞ」

先に、作兵衛が腰を上げた。

「待て、その前にひとり片付けてくる。ここで待っていてくれ」

三十郎は世良たちに言い置くと、足音を忍ばせて中庭を横切り、長屋の軒下沿いに裏門の方へまわった。踏み込む前に、見張りを始末するつもりだったのである。

見張り役の男は裏門の脇にあった敷石に腰を下ろし、六尺棒を抱くようにして首をうなだれていた。

見張りに飽きて眠気に襲われ、一眠りするつもりかもしれない。ただ、まだ腰を下ろしたばかりなので、眠ってはいないだろう。

三十郎は長屋の軒下闇から出ると、見張り役の男にむかって一気に疾走した。地面をすべるように急迫していく。

男は足音に気が付いたらしく、顔を起こした。その顔が恐怖にひき攣《つ》った。一瞬、三十郎の姿が黒い獣のように見えたのかもしれない。

三十郎は走りざま鯉口を切り、右手を柄に添えて抜刀体勢をとっていた。

「だ、だれだ！」

男は慌てて立ち上がり、六尺棒を構えようとした。

そのとき、三十郎は居合の抜刀の間合へ踏み込んでいた。刹那、三十郎の体が沈み、腰元から銀光が疾《はし》った。刀身が月光を反射《はね》たのである。

稲妻のような一颯《いっさつ》だった。

恐怖にゆがんだ男の顔がかしぎ、首根から血が噴いた。青白い月光のなかに、血飛沫が黒い驟雨のように散った。

男は呻き声も洩らさなかった。そのまま腰からくずれるように転倒した。シュルシュル、と首根からの噴血が地面を穿《うが》つ音が聞こえた。蛇が地表を這うようなかすかな音である。

……これで、五両だ。

三十郎はそうつぶやくと血振り（刀身を振って血を切る）をくれ、世良たちのところへもどった。

「行くぞ」

三十郎は先に立って裏口の方へむかった。

思ったとおり、裏口の引き戸はしまっていた。手で引いてみたがあかない。心張り棒がかってあるらしい。見ると、厚い板が斜交いに打ち付けてあり、簡単に破れないように補強してあるようだった。体当たりぐらいでは、破れそうもない。

「掛矢を使うしかないぞ」

世良が小声で言った。

「いまはまずい。稲葉どのたちが表から押し入ってからだ」

掛矢を使えば大きな音がひびき、鳥谷をはじめ屋敷中の者が飛び起きて裏手へ駆け付けるだろう。そうなったら、工藤たちを助けるのはむずかしくなる。

ただ、三十郎はこうした状況を読んで対応策を考えていた。稲葉たち一隊である。先に稲葉たちが表から押し入ってくれれば、目を覚ました屋敷の者たちは表へむかい、稲葉たちに応戦しようとするはずだ。そのとき、裏戸をぶち破るのである。何人かは裏手へも来るだろうが、三十郎と世良で討ち取れるはずである。

「しばらく、ここで待つ」

三十郎は掛矢の柄を握りしめたまま引き戸の前に立った。世良たちも周囲に立ったまま表の方で騒ぎが起こるのを待った。

5

稲葉は三十郎たちがその場を去ってから小半刻（三十分）ほど待つと、

「行け！」

と、命じた。

その声で、脇に控えていた十数人の藩士たちが、朽ちた板塀を押し倒し、いっせいに敷地内になだれ込んだ。喊声こそ上げなかったが、声も足音も気にしなかった。屋敷内にいる敵を目覚めさせ、表門ちかくにおびき出すのも稲葉たちの役割だったからである。

大勢の男たちの地を蹴る音が静寂を破った。十数人の藩士がいっせいに表門の方へ走っていく。

そのとき、見張り役のふたりは玄関の前に立っていた。突如、板塀を押し倒す激しい音がし、つづいて大地を蹴る轟音《ごうおん》がひびいた。

「み、見ろ！」

見張り役のひとりが、驚愕《きょうがく》に目を剝いて言った。

黎明前のうす闇のなかに、大勢の人影が浮かびあがり、激しい足音をひびかせて迫ってくるのだ。すでに抜刀している者もいるらしく、いくつもの刀身がにぶくひかっている。

「敵襲！　敵襲！」

もうひとりの見張り役が、母屋にむかって絶叫した。

稲葉たち一隊は、ふたりの見張り役を取りかこむように走り寄った。いずれも血走った目をし、刀を振りかざしている。

「抵抗いたさば、斬るぞ！」

稲葉が大声で言った。

だが、ふたりは蒼ざめた顔をしていたが、怯《おび》えた様子はなかった。ふたりは玄関を背にして六尺棒を構え、抵抗しようとした。すぐに、母屋から大勢の仲間が駆け付けることが分かっていたからであろう。

敵襲！　と叫ぶ声が、三十郎たちの耳にとどいた。その声にはじかれたように、寺田と秋月が戸口へ駆け寄ろうとした。

「待て、まだ早い」

三十郎が戸口の前で制した。屋敷の者が起きだし、表へむかってから掛矢で戸を破るのである。

「作兵衛、おまえ厩へ行け」

「馬をどうするだ？」

　作兵衛が訝しそうな顔をした。

「尻をたたいてな。表の方へ、追いやれ。屋敷のやつらに敵が大勢攻めてきたように思わせるんだ」

「わ、分かった。旦那に似た馬のけつを思いっ切り、ひっぱたいてくるべえ」

　そう言い残し、作兵衛は勇んで厩の方へむかった。

　作兵衛の足音が遠ざかると、三十郎は耳を澄まして屋敷内の気配をうかがった。すると、屋敷内で男の怒声が起こり、つづいて夜具を撥《は》ね除《の》けるような音や障子をあける音、床を踏む音などがひびき、騒然とした雰囲気につつまれた。寝ていた者たちが起き出し、表へむかうようである。

　そのとき厩の方で、ほれ、走るだ、という作兵衛の声がし、つづいて馬の嘶《いなな》きと蹄《ひづめ》の音が聞こえた。三頭いるらしい。つづけざまに表へむかう馬蹄《ばてい》の音がひびいた。

　その音を聞いた三十郎が、

「よし、やれ」

と言って、掛矢を若い寺田に渡した。

すぐに寺田が、引き戸の前に立って力任せに振り下ろした。

バキッ、という大きな音がひびき、戸板が破れて穴があいた。脇にいた秋月が破れ目から手を差し入れ、心張り棒をはずして戸を半分ほどあけた。その間から三十郎が踏み込み、世良、寺田、秋月とつづいた。

なかは台所だった。うす闇につつまれていたが、竈《へっつい》や土間の隅に置かれた薪《まき》などが識別できた。明り取りの格子窓や板戸の隙間から黎明のひかりが射し込んでいる。

土間につづいて狭い板敷きの間があり、両脇に食器や酒器などを並べた棚が見えた。その先が廊下を隔てて座敷になっているらしい。

「こっちだ」

三十郎は板敷きの間へむかった。

世良たち三人がつづく。すでに、三十郎たちは抜刀していた。敵が、いつ斬りかかってきても応戦できるよう辺りの気配をうかがいながら板敷きの間へ踏み込んだ。

板敷きの間の先が左右につづく廊下になっていた。工藤たちが監禁されていると見当をつけた部屋は右手である。

廊下の左手沿いにいくつか部屋があるらしく、長く障子がつづいていた。右手は雨戸である。

三十郎は部屋の気配をうかがいながら、足音を忍ばせ先へ進んだ。

と、障子の陰に人のいる気配がした。

三十郎は足をとめ、後から来る世良たちを手で制した。

……いる！

かすかに、障子に映った人影に殺気があった。

その部屋だけではなかった。さらに、その先の部屋にも人のいる気配があった。しかも、息をひそめて侵入者を待っているようだ。

三十郎は後ろを振り返り、目と手で、先の部屋でも待ち伏せていることを世良たちに知らせた。そして、三十郎は腰をかがめると、刀身を肩に担ぐように低く構えて、そろそろと人影に近付いていった。獲物に迫る野獣のようである。

突如、三十郎は踏み込みざま刀身を斜に払った。腰をひねったするどい斬撃である。

バサッ、という音がし、桟ごと障子が斜に裂けた。

同時に、障子でバラバラと音がし、血飛沫が小桶で水を撒いたように障子を赤い斑《まだら》に染めた。

つづいて、呻き声がし、人影が揺れた。

「世良、奥を頼む！」

叫びざま、三十郎は裂けた障子を蹴倒した。

その三十郎の背後をすり抜けるように、世良と秋月は奥の座敷へ走った。

倒れた障子の脇に、男がうずくまっていた。目尻が裂けるほど瞠目《どうもく》し、恐怖に顔をひき攣らせていた。肩口から胸にかけて、蘇芳色に染まっている。三十郎の斬撃を浴びたのである。

奥に、もうひとりいる。

刀を手にした男が、座敷の隅へ後じさっている。薄暗い座敷の隅には、うずくまっているいくつかの人影があった。捕らえられている千勢たち三人である。

刹那、三十郎は飛び込むような勢いで男の前へ踏み込んだ。一瞬の鋭い寄り身である。

男は三十郎の果敢な寄り身と気魄に気圧され、悲鳴のような声をあげて刀を振り上げようとした。

そこへ、三十郎の一撃が男の腹に横一文字に入った。

ドスッ、というにぶい音がし、男の上体が折れたように前にかしいだ。男は左手で腹を押さえ、喉のつまったような呻き声を上げながらよたよたと前に歩いた。深く裂けた腹から臓腑が覗いている。

男は障子の前まで行くと、がっくりと両膝を折り、その場に背を丸めてうずくまった。

三十郎は、座敷の隅で横坐りしている千勢たち三人のそばに走り寄った。三人とも後ろ手に縛られ、胸のあたりにも縄がかけられていた。髷が乱れ、憔悴しきった顔をしている。

三十郎は千勢に近寄ると、

「おい、縄を切るぞ」

と、大声で言い、まず、胸の縄を切り、つづいて後ろ手に縛られている縄に切っ先を当てた。

千勢は三十郎の顔を見上げ、

「三十郎さま、かたじけのうございます」

と、かすれたような声で言った。蒼ざめた顔にかすかに朱が差したが、安堵と不安の入り交じったような表情であった。千勢は、捕らえられている工藤たちが心配なのかもしれない。

そのとき、寺田が部屋に踏み込んできて、千勢たちの姿を見ると、慌てて走り寄った。

「千勢どの、助けにきましたぞ」

寺田が声を上げた。安堵と歓喜に、声が震えている。

千勢は自由になった手で、乱れた着物の襟元を直しながら、

「寺田どの、兄上たちは」

と、寺田の顔を見上げて訊いた。

「いま、秋月どのたちが、助けにむかっています」

寺田が声をつまらせて言った。

三十郎は、千勢につづいて吉江と菊乃の縄を切ってやり、

「寺田、三人を連れだせ」

と、指示した。

「承知」

寺田は三人に歩けるか訊き、歩ける、と答えると、

「ここを出ましょう」

と言って、千勢をいたわるように脇につき、座敷から出て行こうとした。

三十郎は千勢たち三人が立ち上がり、怪我を負ってないことを確かめると、

「おい、連れて行くのは裏だぞ。表は、稲葉どのたちが斬り合いをやってる」

そう言い置き、先に座敷から出ていった。世良たちが工藤たちを助け出せたか、確認したかったのだ。

6

「秋月、おれが斬りつけたら、すぐに踏み込め」

世良は秋月に小声で伝えると、突如、廊下をすべるように疾走した。

イヤアッ！

世良は裂帛の気合を発し、障子に映っている人影を一太刀に斬り裂いた。剛剣である。

障子が斜に裂けるのと同時に、噴出した血が障子紙をたたき、斑《まだら》の赤い筋に染めた。

障子の向こうで人影が大きくくずれたと見えた、次の瞬間、バリッという激しい音とともに、肩口から男が障子につっ込んできた。そして、障子に上半身をつっ込んだまま廊下側に倒れた。

男は怒号を上げながら、障子から這い出ようともがいた。男の肩口から血が噴き出

し、倒れた障子と廊下を血に染めている。

その間に、別の障子をあけて秋月が座敷に踏み込み、世良がつづいた。

「寄るな！　斬るぞ」

座敷の隅で、男が刀身を振りかざしていた。

男の脇に、後ろ手に縛られた三人の男が横たわっている。工藤、桜井、村越の三人である。三人とも足も縛られ、猿轡《さるぐつわ》をかまされていた。

男は興奮と恐怖でわれを失っていた。振り上げた刀身が、ワナワナと震えている。

世良は構えていた刀身を下げた。下手に斬りかかると、男が工藤たちに斬りつけかねないと見たのである。

「か、刀を下ろせ！」

秋月が刀身を構えたまま甲走った声を上げた。

そのときだった。縛られて横たわっていた工藤が両膝をまげ、男の脛《すね》のあたりを足の裏で蹴飛ばした。

男がよろめいた。

間髪を入れず、世良が踏み込む。

逆袈裟に斬り上げた世良の一刀が、体勢をたてなおして、工藤へ斬りつけようとして刀を振り上げかけた男の右腕をとらえた。

かすかな骨音がし、男の右腕が刀を手にしたまま畳に落ちた。男は呻き声を上げて、後じさった。截断された腕から、血が赤い紐《ひも》のように流れ落ちている。

そのとき、世良に一瞬遅れて踏み込んだ秋月が、男の腹へ刀身を突き刺した。体当たりするような突きだった。切っ先が男の背から抜けている。

ふたりは体を密着させたまま動きをとめた。男の腕から流れ出た血が、秋月の顔と着物を赤く染めていく。

秋月が男の胸を肩先で突き飛ばすと、男は後ろへよろめき尻餅をついた。そして、腹を左手で押さえたまま蟇《ひき》の鳴き声のような低い呻き声をもらしていたが、すぐに呻き声も聞こえなくなった。へたり込んだような格好のまま絶命したようである。

秋月の顔は、返り血を浴びて熟柿のように染まっていた。目ばかりが異様に白くひかっている。

その間に、世良は工藤たちの縄を切っていた。長い拘束のために足が萎《な》えたのか、工藤たち三人の足元がふらついている。

「工藤さま、大事ございませぬか」

秋月が工藤たちに身を寄せて訊いた。

三人とも凄絶な姿だった。顔は赭黒く、目が落ちくぼみ、頰の肉をえぐり取ったようにこけていた。ざんばら髪で、月代や無精髭が伸び、着衣からは饐《す》えたような異臭がした。長年、牢屋にでも閉じ込められていたような姿である。

ただ、三人とも負傷はしてないようだった。痩せ衰えてはいたが、目には強いひかりが宿っている。

「秋月か。わしらは大事ないが、女たちも捕らえられていたようだぞ」

そう言って、工藤は脇にいる桜井と村越に目をやった。捕らえられた千勢たちの声を聞いたようである。

そのとき、障子があいて、三十郎が座敷に飛び込んできた。

「女たちは助けたぜ」

三十郎が工藤たち三人に目をやりながら言った。

「このふたりは？」

工藤が三十郎と世良に目をやって訊いた。

「話は後だ。秋月、早いとこ三人を連れて裏から逃げろ。おれたちふたりは、まだやり残したことがあるんだ」

三十郎がそう言うと、秋月は、

「ふたりは、われらの味方です」

とだけ答え、すぐに工藤たち三人をうながして座敷から出た。

「世良、これからが腕の見せどころだぜ」

三十郎は、おれは稼ぎ時だ、と言い添えて、座敷から飛び出した。

「おお」

と応え、世良が後につづく。


東の空が茜色に染まり、上空は青さを増していた。まだ、軒下や樹陰には淡い夜陰が残っていたが、あたりはだいぶ明るくなっている。

表門の周辺で、稲葉たち一隊と鳥谷を頭格とする警備の者たちの斬り合いがつづいていた。朝の静寂のなかに剣戟の音がひびき、怒号や気合が飛び交い、男たちが白刃をふるいながら交錯していた。

稲葉たちが劣勢だった。人数は多かったが、敵は鳥谷をはじめ遣い手が多かったからである。なかでも鳥谷の太刀捌きはするどく、すでにふたり斬られていた。他にも別の敵にふたり斬られ、手傷を負っている者も数人いた。

ただ、稲葉にひきいられた者たちの戦意は衰えていなかった。必死の形相で刀をふるい、敵に立ち向かっている。

「怯むな！」

稲葉は鼓舞するように声を張り上げた。稲葉の頭には、裏から踏み込んだ三十郎たちが駆けつけるまで持ちこたえれば何とかなるとの思いがあったのである。

とそのとき、玄関先で廊下を走る足音が聞こえ、三十郎が飛び出してきた。その背後には、世良の姿もある。

7

「さァ、稼がせてもらうぜ」

三十郎は前に疾走し、反転して切っ先をむけようとした敵の脇を擦り抜けざま胴を払った。居合の神速の一刀である。

腹を斬られた敵はよろめき、腹を押さえてうずくまった。

「これで、二十五両！」

叫びざま、三十郎は次の敵にむかって走った。

三十郎につづいて玄関先から飛び出した世良は、別の敵の正面に踏み込み、いきなり真っ向へ斬り込んだ。

ギャッ、という絶叫を上げて、男がのけ反った。顔面に縦に血の線が走り、見る間に顔が赤い布でおおったように真っ赤に染まった。男は狂ったような吼《ほ》え声を上げて、後じさり、踵《かかと》を何かに取られて転倒した。

三十郎と世良の出現に、警備の者たちに動揺がはしった。顔に恐怖の色を浮かべて後じさる者、慌ててふたりから逃げる者、刀を引いて屋敷へもどろうとする者など、一気に旗色が変わった。

「ひとり残さず、ぶった斬ってやる」

三十郎は反転して逃げようとする男に追いすがり、袈裟に一太刀浴びせた。

男は絶叫を上げ、たたらを踏むようによろめいた。背中が斜に裂け、ひらいた肉の間から白い背骨が覗いたが、それも一瞬だった。傷口から迸《ほとばし》り出た血で、男の背中が真っ赤に染まっている。

さらに、三十郎が腰を引いて後じさる男に迫ろうとすると、ふいに小柄な男が眼前に立ちふさがった。鳥谷である。

「おまえは、おれが斬る」

鳥谷が低い声で言った。上目遣いに三十郎を見すえた双眸が、獰猛な獣のようにひかっている。

「いいだろう。この前のけりをつけてやる」

三十郎は腰を沈めて脇構えにとった。この前よりやや刀身を高くした。初太刀を迅《はや》くしようとしたのである。

ふたりの間合はおよそ五間。遠間《とおま》である。

対する鳥谷は八相から腰を沈め、刀身を立てて切っ先で天空を衝くように高く構えた。鬼頭流、天衝の構えである。ただ、鳥谷が腰を低くして構えているため小柄でずんぐりした体軀とあいまって、体全体がひどく低く見える。

「行くぞ」

鳥谷の全身に気勢が満ち、ずんぐりした体軀が膨らんだように見えた。その身構えから痺れるような殺気を放射している。

イエェッ！

鳥谷が奇声のような気合を発した。鬼頭流独特の甲高い気合を発しながら、すばやい摺り足で間合を寄せてきた。疾走に近い寄り身である。

三十郎の目に垂直に立てた刀身だけが際立って見えた。真っ直ぐ眼前に迫ってくるような威圧がある。

この構えから、真っ向へ斬り込んでくることは分かっていた。しかも、受けた刀ごと斬り下げるような剛剣なのである。

三十郎は鳥谷の斬撃の起こりをとらえて斬り込もうと気を鎮めた。

一気に鳥谷との間合がせばまり、それと同時に眼前に垂直に立った刀身がするどいひかりを放ち、顔面を襲ってくるような錯覚を生じさせた。これも、天衝の構えからくる威圧であろう。

……読めぬ！

三十郎は、頭の隅で己の心が動揺しているのに気付いた。

瞬間、三十郎は一歩身を引いた。このまま敵の斬撃を待つのは危険だ、と察知したのである。修羅場で長年生きてきた剣客の勘である。

刹那、鳥谷の刀身が天空を衝くように伸びたように見えた。次の瞬間、キラッとひかった。刀身が返ったのである。

……真っ向へくる！

感知した三十郎は、さらに身を引きざま脇構えから逆袈裟に斬り上げた。

三十郎の手にはかすかに皮肉を裂いた手応えが残り、鳥谷の切っ先は三十郎の鼻先をかすめて流れた。一瞬の反応で身を引いたため、鳥谷の斬撃をかわすことができたのだ。

鳥谷の着物の左の肩先が裂け、肌に血の色があった。ただ、浅手だった。切っ先が皮肉をわずかにとらえただけである。

「よく、かわしたな」

鳥谷は口元にうす笑いを浮かべて言った。

だが、目は笑っていなかった。手負いの獣のような血走った目で、三十郎を見すえている。

「おまえの首は五両では、安いな」

そう言って、三十郎はニヤリと笑った。

「五両とは何のことだ」

「こっちの話だ。……行くぞ」

三十郎は八相に構えた。今度は鳥谷の初太刀をかわしたうえで、斬り込むつもりだった。

ふたたび、鳥谷は腰を低くして天衝の構えにとった。ただ、さきほどよりさらに高く構えていた。八相というより、上段にちかい構えである。

……初太刀から変化させる気だ。

と、三十郎は読んだ。

初太刀は真っ向へくるが、連続して二の太刀をふるうつもりらしい。つつつ、と鳥谷が地をすべるように間合を寄せてきた。

三十郎は八相に構えたまま動かない。

一気に鳥谷との間合がせばまった。斬撃の間境に踏み込んだ瞬間、鳥谷の全身から斬撃の気が疾《はし》り、ずんぐりした体が伸び上がったように見えた。

刹那、刀身がきらめき、鳥谷の体《たい》が躍った。

咄嗟に三十郎は一歩身を引いた。次の瞬間、鳥谷の初太刀が真っ向へきた。

この初太刀を読んでいた三十郎はさらに身を引きざま、袈裟に斬り下ろした。

と、鳥谷は脇へ跳びざま、真っ向から刀身を峰に返して逆袈裟に斬り上げてきた。

俊敏な二の太刀である。

袈裟と逆袈裟。

甲高い金属音とともに、ふたりの刀身が眼前ではじき合った。

瞬間、ふたりは弾《はじ》かれたように背後に跳んだ。お互いが次の斬撃を恐れて間合をとったのである。

そこからの三十郎の動きは迅かった。後ろへ跳んだと見えた次の瞬間、左足に重心をかけて前に鋭く踏み込んでいた。居合の神速の体捌きである。

タアッ！

踏み込みざま三十郎は、刀身を横に払った。

鳥谷が天衝の構えをとろうとした瞬間だった。両腕を上げた鳥谷の腹部を、三十郎の切っ先が深く薙《な》いだ。

ドスッ、というにぶい音がし、鳥谷の腹が横に裂け、上体が折れたように前にかしいだ。鳥谷はよろめいたが、倒れなかった。両足を踏ん張って体をささえている。

「お、おのれ……」

鳥谷は左腕で腹部を押さえ、右手で刀を振り上げた。刀身を垂直に立てている。顔が土気色をし、目がつり上がり、歯を剝き出していた。般若《はんにゃ》のような憤怒の形相である。

鳥谷は刀を高く振りかざし、一歩一歩近寄ってきた。そして、斬撃の間境に迫ると、いきなり三十郎の真っ向へ斬り込んできた。天衝の構えからの最後の一太刀である。

三十郎は体《たい》をひらいて斬撃をかわし、鳥谷の首筋へ一颯《いっさつ》をみまった。

ガクリ、と鳥谷の首が前にかしぎ、首根から血が噴いた。鳥谷は血を撒き散らしながら、よたよたと前に歩き、足をとめると、ふいに腰からくだけるように転倒した。

何の声も発しなかった。

仰向けになった顔の表情が、凍りついたようにかたまっている。鳥谷は両眼を見開いて天空を凝視したまま死んでいた。

見ると、戦いは終わっていた。辺りは血まみれだった。呻き声が聞こえ、這って逃れようとしている者や地面に横たわって四肢を痙攣《けいれん》させている者などがいた。凄絶な斬り合いだったようである。

世良や稲葉の配下の藩士が十余人、表門の近くにつっ立っていた。返り血を浴びている者、着物の腕や肩口が裂けて血を滲《にじ》ませている者、手傷を負って苦痛に顔をゆがめている者もいた。ただ、敵側の者は残っていなかった。この戦いは、稲葉たちが制したようである。

倒れて動かない者が七、八人いた。味方も数人命を落としたようだ。落命して横たわっている人数から見て、屋敷を警備していた者の多くは逃げたのであろう。

三十郎が刀を納めると、稲葉と世良が近寄ってきた。稲葉はけわしい顔をしていた。凄絶な斬り合いの興奮と味方を失ったことの悲痛が胸の内にあるようだ。

「三十郎どの、工藤どののたち六人を助けていただいたそうで、まことにかたじけのうござる」

稲葉が慇懃《いんぎん》な口調で言った。世良から工藤たちを救出したことを聞いたらしい。

「緒戦は勝ったようだが、戦いはこれからだぜ。まだ、敵の大将は残っているし、敵城も落ちちゃァいねえからな」

三十郎は顔の返り血を指先でこすり落としながら言った。

敵の大将である根岸はむろんのこと、丹波、鬼頭という大物の敵将は生きているのである。むしろ、これからが戦いの正念場であろう。

「承知している」

稲葉がそう答えたとき、母屋の脇から人影があらわれ、小走りに近寄ってきた。

工藤や千勢たち救出された六人、それに寺田と秋月である。八人の後ろには、作兵衛の姿も見えた。

「工藤さまだ！」

若い藩士が歓喜の声を上げた。

その声で、戦いの凄絶さに呑まれていた藩士たちの顔に明るさがもどった。

第五章　攻防

1

「どうだ、いなかったか」

座敷に入ってきた寺田の顔を見るなり、三十郎が訊いた。

「いました、ふたり、向かいの屋敷の板塀の陰からこの屋敷をうかがってました」

寺田が顔をこわばらせて言った。

三十郎は工藤家にいた。工藤や千勢たちを助け出した後、稲葉と千勢の強い依頼で、工藤たちの護衛のために工藤家で寝泊まりすることになったのだ。

寺田たちによると、工藤たち三人が助け出されたことで、藩内の雰囲気が変わってきたという。

若い藩士たちは八辺派につく者が多くなり、重臣たちのなかにも根岸の専横を非難し、本来の嗣子である五郎丸に継がせるべきだと公然と口にする者も出てきたそうである。そのように藩内の雰囲気が一変した裏には、工藤たちより根岸たちの失政や専横、金品のからむ不正などが露見し、根岸派が一気に執政の座を追われるのではないかとの読みもあるようなのだ。

そうしたこともあって、根岸派が何とか工藤たち三人を捕らえようと躍起になっているというのである。

工藤家の屋敷には、いっしょに助け出された桜井夫婦と村越夫婦も匿《かくま》われることになった。四人が自分の屋敷へもどれば、すぐに根岸の指図で捕らえられることが分かっていたからである。それに、同じ場所にいた方が守りやすいのだ。

工藤家には三十郎のほかに寺田と秋月も寝泊まりすることになり、急に人数が増えたが、賑《にぎ》やかさはなかった。屋敷内は緊張と不安につつまれていた。それというのも、根岸派の者が、いつどんな手で屋敷を襲うか分からなかったからである。

「だれか、分かるか」

同席していた工藤が訊いた。

工藤は屋敷にもどってから衣装を着替え、髭をあたり髷を結いなおしていた。痩せ衰えてはいたが、いくぶん血色ももどり、精悍《せいかん》そうな表情を取り戻していた。切れ長の目やひきしまった唇が、千勢とよく似ている。

「名は分かりませんが、鬼頭一門のようです」

寺田が言った。

「屋敷のまわりをうろうろされては、目障りだな」

そう言うと、三十郎は傍《かたわ》らの刀を手にして立ち上がった。

「三十郎どの、どこへ行かれる」

工藤が訊いた。

「ひとりふんづかまえて、口を割らせてやる」

三十郎はそう言い残して、座敷から出て行こうとしたが、急に何か思いついたように足をとめて振り返り、

「寺田、秋月、手を貸してくれ」

と言って、座している一同の方へもどってきた。

そして、寺田と秋月に何やら耳打ちし、ふたりが承知すると、懐手をしてニヤニヤ笑いながら出ていった。

三十郎が裏口にむかって廊下を歩いていると、別の部屋の障子があいて千勢が顔を出した。

「三十郎さま、どこへ行かれるのです」

千勢がこわばった顔で訊いた。

千勢は三十郎たちの手で助け出されたときは、痩せ衰えて憔悴していたが、屋敷にもどってからいくぶん血色がもどり、体付きにも女らしいしなやかさが感じられるようになっていた。

「なに、屋敷を嗅《か》ぎまわっている犬どもをふんづかまえてやるのよ」

そう言い置いて、三十郎が歩き出そうとすると、

「三十郎さま」

千勢が追いすがるように身を寄せ、

「千勢に、お手伝いできることはございませぬか」

と、目をつり上げて言った。敵が屋敷の近くにいると聞いて助太刀でもする気になったようだ。本来の勝ち気な気性もとりもどしたようである。

三十郎は苦笑いを浮かべながら千勢の顔を見つめ、

「まだ、懲りないのか」

と、訊いた。

「大勢の仲間が死にました。兄も、まだ罪人のままです。それに、桜井どのや村越ど

のは、家へ帰ることもできませぬ。こうした状況のなかで、女とはいえ安穏と過ごしてはいられないのです」

千勢が強い声で言った。

「うむ……」

「千勢も、何かお役に立ちたいのです」

「ならば、頼みがある」

「何なりと、申付けてください」

「おれの夕めしのときにな、内緒で酒をつけてくれ。肴は何でもみつくろってくれればいい」

そう言うと、三十郎はきびすを返した。三十郎たちが工藤家に来てから敵の襲撃にそなえるためもあり、酒は出なかったのである。

千勢は呆気にとられたような顔で三十郎の背を見つめていたが、その顔に可笑《おかし》さと失望の入り交じったような表情が浮いた。

三十郎は屋敷の裏門から出ると、板塀の陰に身を隠しながら表門の方へまわった。そして、塀の角から表通りに目をやった。

「あいつらだな」

寺田が言っていたとおり、男がふたり工藤家の向かいにある武家屋敷の板塀の陰から工藤家をうかがっている。

ふたりとも小袖にたっつけ袴で、二刀を帯びていた。軽格の藩士か郷士といった感じである。武芸で鍛えたらしく、頑強そうな体軀をしていた。鬼頭一門にまちがいないようである。

そのとき、工藤家の表門の脇のくぐり戸があき、寺田と秋月が姿を見せた。ふたりはゆっくりとした歩調で、ひそんでいるふたりの男の方へ近付いてきた。

ふたりの男は寺田と秋月に気付いたらしく、塀から身を引いて寺田たちをやり過ごそうとしている。

……おれの出番のようだな。

三十郎は板塀に身を寄せ、足音を忍ばせてふたりの男に近付いていった。

これが三十郎の策だった。ふたりの男が寺田と秋月に気を奪われている隙に、三十郎が背後から近付いて仕留めようというのである。ふたりの男が三十郎に気付いても、挟み撃ちできるのだ。

ふたりの男は近付いてくる寺田と秋月に気をとられて、三十郎には気付かないようだった。

「おい、そこで、何をしている」

言いざま、三十郎は左手で刀の鯉口を切り、右手を柄に添えた。

ふたりの男はギョッとしたように振り返り、三十郎を目にすると慌てて刀を抜こうとした。

刹那、三十郎はするどい寄り身で間合をつめ、手前にいた長身の男に抜き付けた。刀身の鞘走る音とともに閃光が弧を描いた。次の瞬間、長身の男が絶叫を上げてのけ反り、首根から血が噴いた。

男は血煙を上げながらよろめき、塀に背を当てて動きをとめた。そして、塀に背を当てたままズルズルと沈み込むように倒れた。

三十郎の動きはそれでとまらなかった。悲鳴を上げて逃げるもうひとりの男に追いすがりざま、刀身を峰に返して袈裟に打ち込んだ。

にぶい骨音がして男の右肩が下がった。鎖骨をくだかれたらしい。男は呻き声を上げ、膝を折ってその場にうずくまった。

「斬らねえよ。おまえに訊きたいことがある」

三十郎はうずくまっている男の首筋に切っ先を当てた。

2

三十郎は男を板塀の陰へ連れていった。ときおり、表通りを行李《こうり》を背負った行商人や供連れの藩士などが通ったりするので、人目につきたくなかったのである。

「おぬしの名は」

三十郎が刀身を男の首筋に当てたまま訊いた。

「し、知らぬ」

男は三十郎の問いに答えようとしなかった。恐怖と肩の痛みに、顔をひき攣《つ》らせている。

「つまらねえ意地を張るな。こんなところで死んだら犬死にだろう」

三十郎にしては、おだやかな物言いだった。

「柿森峰次郎《かきもりみねじろう》だ」

男が小声で答えた。名だけなら、知られてもいいと思ったのかもしれない。

「柿森か、おれは栗林だ。似てる名だな。……もっとも、桑畑と言ったり小川と言ったり、そのとき目に入ったもので、勝手に名を変えているがな」

三十郎は言わずもがなのことを口にした後、

「ところで、鬼頭たちは、いつ工藤家を襲うつもりだ」

と、ずばりと訊いた。

「襲うつもりなどない」

反射的に柿森が答えた。三十郎の問いにつられて、思わず答えてしまったようである。

「襲わないのか」

三十郎は驚いたような顔をして訊いた。

「ああ、大勢で屋敷を襲えば合戦のようになる。そこまでは、したくないのだろう」

柿森は苦々しい顔をして言った。ここまではやむを得ないと思って話したようだ。

「襲うつもりがないなら、おぬしたちは何をしてたんだ」

「知らぬ」

柿森は顔をしかめて横を向いた。これ以上は話さぬ、と言った顔をしている。

「話し始めて白を切る手はねえだろう」

「おれは、何も話さぬ」

「そうか。……おぬし、この場で首を刎られて犬死にするか、それとも肩を負傷したためやむなく家へ帰るか、どっちがいい」

そう言って、三十郎は刀身で男の首筋をピシャピシャとたたいた。

男はふたたび恐怖の表情を顔に刻み、

「い、犬死にはしたくない」

と、蚊の鳴くような声で言った。案外意気地のない男である。

「それなら、おれの訊いたことに答えろ」

「話せば、本当に助けてくれるのか」

男は上目遣いに三十郎の顔を見た。

「おれは、嘘と泣き言が大嫌いなんだ」

そう言って、三十郎は刀を下ろした。

「分かった」

「よし、では訊くぞ。……おぬしたちは、何のために工藤家を見張っていたのだ」

「工藤の屋敷にだれがいるか、調べるためだ」

柿森は他の鬼頭一門の者とともに丹波に呼ばれ、工藤家にだれがいるか探ってこい
と命じられたという。

「そのとき呼ばれたのは何人だ」

「師匠の他に七人いた」

「他の者は、何を命じられた」

七人とも、工藤家の探索に当たったとは思えなかった。

「稲葉家、久留米家、それに八辺に味方する他の重臣の屋敷にも、だれか行っているはずだ」

「うむ……」

丹波は、八辺派の主だった者たちの屋敷を探らせたようだ。だれが、どこにひそんでいるか探り出した上で、何か手を打つつもりなのではあるまいか。

「丹波は、八辺派の者を探って何をするつもりなのだ」

さらに、三十郎が訊いた。

「丹波さまは、こうなったら、面倒なことはせず始末してしまった方がいい、とだけ口にされたが、だれを殺るつもりなのかは分からんな」

柿森はそう言って、視線を落とした。

「捕らえるのではなく、斬るつもりか……」

丹波は工藤だけでなく稲葉や久留米の命も狙っているのではないか、と三十郎は思った。

いっとき三十郎は虚空に視線をとめて思案していたが、

「ところで、おぬしたちは丹波に買われたのか」

と、訊いた。鬼頭一門には藩士ではない者も多いと聞いていたので、根岸派に与した藩士とは思えなかったのである。

「金ではない。この騒動が終わったら、仕官がかなうことになっているのだ」

柿森によると、道場主の鬼頭は百石ほどの禄高で垣崎藩の剣術指南役になり、藩士以外の一門の者も、その功により相応の禄高で仕官させる約定《やくじょう》が根岸との間にあるのだという。

「仕官が餌か」

「われらは士分とはいえ、百姓と変わらぬ暮らしだからな」

「百姓でも生きていた方がましだろう」

「まァ、そうだ」

柿森はしんみりした口調で言った。

「おまえといっしょにいた男の名は?」

「山下《やました》だ」

「仲間を連れてきて、山下の死体をかたづけてやれ。放置して野犬に食われるのもかわいそうだ」

そう言うと、三十郎はきびすを返し、男から離れていった。

表の通りへ出ると、すぐに寺田と秋月が駆け寄ってきた。

「三十郎どの、あの男、逃がしてもいいのか」

寺田が慌てた様子で訊いた。

「いい。おれは、五両損をしたがな」

「はァ」

「あいつは、しばらく刀は握れぬ。村に帰って百姓でもやるだろう」

三十郎は懐手をして工藤家の表門の方へ歩きだした。

3

三日後の四ッ（午前十時）ごろ、世良と稲葉家の松本助八郎《まつもとすけはちろう》という家士が工藤家を訪ねてきた。斬り合いでもあったらしく、世良の着物の肩口が裂けて血がにじんでいた。松本の顔もこわばっている。

ふたりは奥座敷に通され、すぐに工藤、三十郎、寺田、秋月の四人が集まった。

「稲葉さまが、襲われました」

四人が対座すると、いきなり松本が声を震わせて言った。松本は四十代半ば、顔に悲痛の表情を刻んでいた。

「そ、それで、稲葉どのは、どうされた」

工藤が声をつまらせて訊いた。寺田と秋月の顔にも驚愕の色がある。

「深手を負いましたが、命だけはとりとめました」

松本が話したところによると、稲葉は登城のため十人ほどの従者をしたがえて、森野町の自邸を出たという。ふだんの供は五人ほどだったが、根岸派の襲撃が念頭にあり警固のために増やしたそうである。その警固のなかに、世良もいた。

道が雑木林のなかにはいったとき、突然林のなかにひそんでいた十数人の武士が稲葉たち一行に襲いかかった。

こうした事態も想定していた世良たち警固の者は、すばやく稲葉に駆け寄って応戦した。

ところが、敵の人数が多い上に腕の立つ者ばかりだったので、たちまち稲葉たちは劣勢に立った。

このままでは切り抜けられぬ、とみた世良が、

「屋敷へもどれ！」

と、声を上げ、数人で稲葉を取りかこむようにして屋敷へ引き返そうとした。

「そこへ、敵の三人が天衝の構えをとって斬り込んできたのだ」

世良が言った。

「鬼頭か」

三十郎が膝を乗り出すようにして訊いた。

「覆面をしていたので顔は分からぬが、構えから見て鬼頭にまちがいないだろう」

世良の声には断定するようなひびきがあった。

世良は鬼頭の初太刀をかわしたが、二の太刀で肩先を斬られたという。

その間に、敵のひとりが稲葉に襲いかかり、逃げようと反転したときに袈裟に斬り付けられ、肩口から背中にかけて斬撃をあびた。

それでも稲葉は必死に敵から逃れ、世良をはじめとする警固の者たちの捨て身の反撃もあって、何とか屋敷まで逃げることができたという。

松本によると、この襲撃でふたりの家士が斬殺され、三人が手傷を負ったそうである。

「稲葉さまは深手を負っておられましたが、屋敷ですぐに手当てしたこともあって命はとりとめたようでございます」

松本が稲葉の命で知らせに来たことを言い添え、

「工藤さまにおかれましても、くれぐれも用心されるようにとの仰せでございます」

と言って、口をつぐんだ。

「おのれ、根岸!」

工藤の顔が怒りで朱に染まった。あまり感情をあらわさない工藤にしては、めずらしい怒りの表情である。

「だがな、殺されなかったのは幸いだったかもしれねえぜ」

三十郎が言った。

鬼頭までくわわっていて稲葉が助かったのは、世良がいたからではないか、と三十郎は思ったのだ。

「そうかもしれぬ。……ただ、これで終わりではあるまい。根岸と丹波は執拗な男だ。これからも、狙ってくるとみた方がいいだろう」

工藤が言うと、松本が、

「稲葉さまもそう仰せられ、しばらくは屋敷から出ないとのことです。お城には、急な病として、今日にもとどけられるそうでございます」

と、重い口調で言った。

「それがよろしかろう」

工藤の顔にかすかに安堵の表情が浮いた。稲葉という有力な味方を失わずにすんだ思いがあるのかもしれない。ただ、その表情はすぐに消えた。楽観できるような状況ではないことを思い出したのであろう。

「だがな、稲葉どのだけじゃァねえぞ。次は久留米どのかもしれねえし、他の八辺派の重臣を狙ってくるかもしれねえ」

三十郎が言った。

柿森が話したところによると、丹波の指示で鬼頭一門の者が久留米や他の重臣の屋敷も探っていたのである。稲葉が襲撃されたことからみても、他の者も襲うつもりだとみていいのではあるまいか。

「根岸は、われらを倒すために、最後の手段に出たのか」

ふたたび、工藤の顔がけわしくなった。胸の内に憤怒と闘志が衝き上げてきたのであろう。虚空を睨むように見すえた双眸に燃えるようなひかりがあった。

「やつらも追いつめられてるようだな」

三十郎がつぶやくような声で言った。

「ともかく、久留米どのたちに身辺の警固を厳重にするよう伝えよう」

工藤が強い口調で言った。

三十郎や工藤の読みは的中した。稲葉が襲われた三日後、今度は久留米が襲撃されたのである。

下城途中だった。武家屋敷がとぎれ、杉や松の杜にかこまれた古刹のそばを通りかかったとき、久留米の一行が突然杜のなかから走り出た十数人の一隊に襲われたのだ。やはり、黒覆面で顔を隠した者たちだった。なかに、鬼頭一門もくわわっていたようである。

襲撃者たちは、久留米が乗っているはずの駕籠を槍で突き刺し、駕籠のなかで上がった悲鳴を聞いて逃走した。

だが、久留米は無傷だった。駕籠に乗っていたのは、家士のひとりだったのである。久留米は工藤からの知らせを受け、根岸派の襲撃を予想して登下城時は従者のひとりに身を変えていたのである。

この知らせを聞いて工藤家にいた者たちのなかには、してやったりとほくそ笑む者もいたが、三十郎と工藤は顔をけわしくした。

「一度は、それで敵の手を逃れられたが、次はそうはいかぬ」

工藤は顔を合わせた寺田や秋月にそう言った。

「久留米どのは、稲葉どのと同様に屋敷から出られなくなるぞ」

工藤は鎮痛な顔をし、

「それに、われらが登城できぬ間に根岸たちは殿を籠絡《ろうらく》し、一気に主膳さまに藩主の座を継がせようとするかもしれぬ」

と、言い添えた。

三十郎もまったく同じ読みをしていた。ここに来て八辺派の中核である工藤、稲葉、久留米の三人が登城できない事態になれば、根岸の思うがままにことが運ぶかもしれない。

「後手にまわってるぜ」

三十郎が一同に視線をまわし、

「こうなったら、こっちから根岸を攻めるしかねえな」

と、目をひからせて言った。

4

「こちらです」

寺田が声を殺して言った。

辺りは濃い夜陰につつまれている。星空だったが、月が雲に隠れて闇は深かった。

それでも、星明りでかすかに築地塀や木戸門の輪郭だけは識別できた。

三十郎、工藤、久留米、世良、寺田、桜井、村越の七人が、八辺家の裏門から屋敷内に入ろうとしていた。

八辺家は森野町と隣接する東山町《ひがしやまちょう》にあった。そこは八十石前後の中級家臣の住む屋敷が多かったが、八辺家は代々その地に屋敷を構えていたのである。

工藤と久留米は、八辺派の重臣があいついで襲われ登城できなくなったことから根岸派の暴挙に対し、手をこまねいて見ているのではなく反撃に出ようと肚をかためた。

そこで、八辺に会って根岸を弾劾《だんがい》するための策を講じようとしたのだが、八辺は蟄居の身なので屋敷から出ることができない。しかも、このところ根岸派の藩士が表門の前に立って、八辺の動向や屋敷への訪問者などに目をひからせていたので、日中表門から入ることもできなかった。そのため、夜陰にまぎれ裏門から入ることになったのである。三十郎と世良は、工藤たちの護衛として同行したのだ。

裏門の門扉は簡単にあいた。前もって八辺に伝えてあったので、門の閂をはずしておいてくれたらしい。

屋敷の裏口に家士の堺が待っていて、すぐに三十郎たちを屋敷の奥座敷に招じ入れてくれた。すでに座敷には八辺が端座していて、三十郎たちの顔を見ると、

「夜分、ごくろうだったな」

　と、ねぎらいの言葉をかけた。

　還暦にちかいだろうか、鬢や髷に白髪が交じり、顔には老人特有の肝斑《しみ》も浮いていている。丸顔で耳朶《みみたぶ》の大きな福相の主で、おだやかそうな顔をしていた。ただ、細い目には射るような強いひかりがあり、静かな物言いとあいまって藩の執政者らしい威風がただよっていた。

　三十郎たちが下座に膝を折ると、

「おふたりが、栗林どのと世良どのかな」

と、ふたりに目をむけて訊いた。すでに、三十郎と世良のことは八辺の耳に入っているらしい。

「世良大次郎にございます」

世良は丁重に名乗ったが、三十郎は黙ってうなずいただけである。

八辺はさらに工藤、桜井、村越の三人に目をむけ、

「大変な思いをしたのう」

と、いたわりの声をかけた。

工藤が、ご家老さまも、さぞ難儀でございましょう、と言って、桜井、村越ともど

も涙ぐみながら八辺に低頭した。

その後、女中が茶を出して下がると、

「ご家老、稲葉どのが根岸の配下に襲われ、深手を負いました」

そう言って、久留米が話を切り出した。

「根岸の横暴も、来るところまで来たということじゃな」

八辺が膝先の湯飲みに手を伸ばしながら言った。その顔に憂慮の翳《かげ》がある。

「このままでは、根岸の思いのままにことが運び、世継ぎも主膳さまということで押し切られます。そうなれば、根岸の専横はますます激しくなり、いずれわが藩の仕置もたちゆかなくなりましょう」

久留米が語気を強めた。

「そうじゃな。これ以上、座視しているわけにはいかぬな」

八辺が低い声で言い、湯飲みを膝の上で手にしたまましいっとき思案するように虚空に視線をとめていたが、

「工藤、何か根岸を追及できるような証はないかな」

と、工藤に目をむけて訊いた。

工藤は江戸に出る前に八辺の指示で、桜井や村越などを使って根岸の身辺を洗って

いたのである。

「紅花の取引をめぐり、辰巳屋から根岸に不正な金が渡っていたことを示す帳簿の写しと請書《うけしょ》がございますが」

工藤によると、藩専売の紅花は丹後屋と辰巳屋が扱っていたが、根岸は丹後屋を廃して辰巳屋が一手に扱うことを条件に、利益の一部を藩に還元する取り決めをしたという。ところが、藩に渡るはずの金の大部分が根岸の手に渡っていた。辰巳屋は利益をすくなく見積もって、浮かした金を根岸に渡していたのである。

このことは、辰巳屋から根岸に渡された請書と紅花の売買を記した帳簿の写しから証拠付けられるそうだ。

なお、そうした帳簿の写しや請書は、桜井たちが辰巳屋の奉公人や女中を言葉巧みに籠絡して手に入れたのだという。

「だが、それだけでは根岸に引導を渡すことはできぬな」

八辺によると、すでに丹後屋のことで根岸から藩主の重長に讒言があり、それを信じた重長が八辺を蟄居させたこともあって、容易に八辺の言うことに耳をかさないだろうというのだ。

「われらが、根岸派の者に襲われたことを訴えたらどうでしょうか。いかなる理由があろうと、独断で家臣を斬るなどということは宥《ゆる》されないはずです」

久留米が言った。

「根岸の指示でやったことが、明らかにできるか」

「そ、それは……」

久留米は言葉につまった。黒覆面で顔を隠していたこともあって、襲撃者を特定することはむずかしかった。

「それに、当方がそのことを持ち出せば、根岸たちは、稲葉たちが猿渡峠で襲ったことや根岸の古い屋敷に押し入って家臣を斬ったことを言い出すだろうな」

「……………」

久留米は苦渋の表情を浮かべて視線を落とした。

「世継ぎのことで、何かないかな」

八辺が工藤の方に目をむけた。

「根岸と主膳さまが、横田町の吉丸屋《よしまるや》で何度か密会していたことはつかんでいますが、特にこれと言ったことは……。桜井が吉丸屋を探索しましたが」

そう言って、工藤は脇に座していた桜井に目をやった。

吉丸屋は饗通りにある老舗《しにせ》の料理屋で、藩の重職や豪商などがときおり利用する店だそうである。

「われらが吉丸屋を調べたおり、お妙《たえ》という座敷女中に、主膳さまが酔った勢いで、ちかいうちに自分が垣崎藩の殿さまになる、などと言ったそうですが、聞き込んだのはその程度ことで、密談の内容までは分かりませんでした」

桜井が小声で言い添えた。

「うむ……」

八辺はいっとき膝先に視線を落として黙考していたが、

「お妙でなくともよいが、根岸と主膳さまが吉丸屋で密会していたことを明らかにする口書きはとれるか」

と、訊いた。

「取れるはずです。ふたりが密会していたことは、吉丸屋の主人も奉公人もみな知っていますから」

「よし、桜井と村越とで、すぐに口書きを取ってくれ。根岸を追及する手立てのひとつにはなる」

そう言うと、八辺は一同に視線をまわしながら、

「わしがこれより、根岸と主膳さまが共謀して藩を乗っ取ろうとしている策謀や悪政

を書面に認《したた》めるゆえ、根岸に反発している重臣から署名をもらってくれ。殿も、多くの重臣の連判状を見れば、根岸の排除に同意せざるを得なくなろう」

と、強い口調で言った。

八辺の顔がひきしまり、細い目が熾火《おきび》のようにひかっていた。さきほどまでの温和な表情が消え、凄味のある顔に変わっている。

「署名を承知してくれるでしょうか」

久留米が不安そうな顔で訊いた。無理もない。連判状に署名することは、根岸派に対して戦いを宣言するに等しい。多少、八辺派の旗色がよくなってきたといっても、まだ藩を牛耳《ぎゅうじ》っているのは根岸なのである。

「なに、そう大勢はいらぬ。わしとそこもと、それに工藤……。稲葉、それに田島《たじま》は承知するであろう。それだけの名を見れば、他にも何人か同調する者が出てくるはずだ」

そう言って、八辺は他に三人の名を挙げた。

なお田島三左衛門《さんざえもん》は、以前から八辺に与している郡代だという。

「それがしと久留米どので、重臣方の屋敷をまわりましょう」

工藤がそう言うと、久留米も顔をひきしめてうなずいた。

「署名がそろいしだい、わしが登城し、直《じか》に殿にお目にかかって決断を迫るつもりだ。……蟄居の身だが、藩の存亡の危機に臨み、切腹覚悟で参上つかまつった、とでも言えば、殿もお許しくださろう」

そう言うと、八辺は表情をやわらげた。そして、三十郎と世良に顔をむけると、ひきつづき工藤と久留米の身を守ってくれぬか、と訊いた。重臣の屋敷をまわるとき、根岸派の者に襲われることを案じているらしい。

「いいだろう。乗りかかった船だからな」

三十郎が仏頂面をして承知すると、世良は、

「一命に代えましても、おふたりをお守りいたします」

と、丁重に答えた。すでに、世良は垣崎藩の家臣になったような物言いである。

5

まだ、払暁《ふつぎよう》前である。

東の空に浮いた筋雲の端が、茜色に染まっていた。空は山の端ちかくだけ淡い朱色だが、上空にはまだ夜の暗さが残っていて、弱々しい星の瞬《また》きも見える。

三十郎と世良は八辺家の裏門から出ると、板塀の陰に残っている夜陰に身を隠すよ

うにして表門の方へまわった。

三十郎たちが八辺家で密談して、半月ほど過ぎていた。この日も、三十郎は稲葉や久留米とともに八辺家に来ていたのである。

連判状に重臣たちの署名がそろったので、八辺は今朝家臣たちが登城する前に城内に入り、二の丸の御殿にいる藩主の重長に会うことにしたのだ。

屋敷内で八辺と顔を合わせた三十郎は、

「屋敷を出る前に、見張り役を始末した方がいいぜ」

と、言いだした。

このところ、根岸は藩内の重臣たちの態度から政変の動きを嗅ぎ取ったらしく、八辺家には寝ずの番を置いていたのである。

裏門から出たとしても、見張り番に八辺の外出が気付かれる恐れがあった。根岸に注進され、登城を阻止されないともかぎらないのだ。

「殺すまでもないが」

八辺が眉宇を寄せて言った。

「分かった。ことが済むまで、眠らせておこう」

そう言って、三十郎は世良とともに裏門から出たのだ。

「おい、いるぜ」

表門の左右にふたりの男が立っていた。襷で両袖を絞り、たっつけ袴に草鞋履きで二刀を帯びている。軽格の者らしい。

「おれが、背丈のあるやつをやる。世良は太ったやつだ」

「承知した」

ふたりは、築地塀沿いに残っている闇に身を隠し、足音を忍ばせて近寄った。

見張り役と十間ほどの間に迫ったとき、三十郎が世良に目配せをし、抜刀すると、いきなり疾走した。遅れじと世良も走った。

ふいに起こった足音に、ふたりの見張り役は振り返り、一瞬凍りついたようにその場につっ立った。

だが、すぐに駆け寄ってくるふたりが、自分たちを襲おうとしていることに気付き、刀の柄を握った。咄嗟に、応戦しようとしたらしい。

三十郎は一気に長身の男との間合をつめた。

一瞬、長身の男の顔に恐怖が浮いたが、抜刀して身構えた。かまわず、三十郎は脇構えにとり、男の正面から斬撃の間に踏み込んだ。このとき、三十郎は刀身を峰に返していた。峰打ちで仕留めようとしたのである。

ヤアッ！

うわずったような気合を発し、男が真っ向へ斬り込もうと刀を振り上げた。

刹那、三十郎の体がひるがえった。次の瞬間、横一文字に閃光がはしり、ドスッというにぶい音がした。

男は、グッと喉のつまったような呻き声を上げ、腹を押さえて両膝を地面についた。三十郎の一撃が、男の脇腹をとらえたのである。強打されて肋骨《ろっこつ》でも折れたのか、男は立ち上がろうとせず、うずくまったまま苦悶《くもん》の声を洩らしていた。

世良に目をやると、同じように峰打ちで仕留めたらしく、足元に太った男が屈み込んでいた。

「こっちへ来い」

三十郎は男の着物の肩先をつかんで強引に立たせた。

男は腹を押さえたまま立ち上がった。苦悶に顔をしかめていた。顔が土気色をし、額に脂汗《あぶらあせ》が浮いている。

世良も峰打ちで仕留めた男に切っ先を突きつけて立たせた。ふたりは、捕らえた男を表門の木戸から屋敷内に入れ、堺の手も借りて縛り上げ、納屋に押し込んだ。根岸との決着がつけば、放してやるつもりだったのである。

明け六ツ（午前六時）前に、八辺たちの一行が屋敷を出た。八辺に同行したのは、工藤、久留米、三十郎、世良、寺田、秋月、それに三人の家士である。城内に入ることもあり、三十郎と世良も羽織袴姿で、二刀を帯び、身装だけは藩士らしく装った。通り沿いの屋敷はまだ夜明け前の夜陰に沈み、ひっそりと寝静まっていた。通りにも人影はまったくない。

八辺が登城していたころは、東山町から森野町を経て濠端へ出る道筋だったが、この日は森野町を通らずに迂回《うかい》して濠端へつづく道へ出た。根岸派の者に目撃されるのを恐れたのである。

八辺たちは西の丸の南側にかかる南御門橋を渡り、太鼓門と呼ばれる石垣をまたぐ門をとおって西の丸へむかった。城門の警備の藩士には、久留米が、火急の用件で登城したことを伝えて開門させた。ただ、警備は工藤を信奉していた若い藩士があたっていたので、工藤や八辺の姿を見ると、門をあけるのに躊躇《ちゅうちょ》しなかった。

八辺たちが城内に入ったときは、すでに陽が昇り、朝の陽光が苔《こけ》むした石垣や西の丸御殿の白壁などを照らしていた。

六ツ半（午前七時）ごろであろうか。奥女中や宿直《とのい》の家臣も動きだしたらしく、西の丸の殿舎のなかからかすかに話し声や物音が聞こえてきた。

八辺たちは西の丸につづく門をくぐり、正面に式台のある中奥の玄関へまわった。玄関先で八辺が声をかけると、重長に近侍《きんじ》している側役《そばやく》が姿を見せ、八辺たちの姿を見ると驚いたように目を剝いた。

「火急の用件にて、殿に謁見を賜りたい。即刻、お取次願いたい」

八辺がそう言うと、側役は慌てた様子で八辺たちを玄関脇の書院に通し、取次の許《もと》へむかった。半刻（一時間）ちかく待つと、取次と側役が姿を見せ、

「殿はお会いなさるそうでござる。鶴の間にてお待ち下され」

と、取次が慇懃な口調で言い、八辺、工藤、久留米の三人だけ奥へ同行した。鶴の間は謁見の間として使われているそうである。

6

鶴の間で、八辺たち三人は、また小半刻（三十分）ほど待たされた。重長が朝餉《あさげ》を終え、朝の所用が済むまで待たせたのであろう。

ようやく重長が小姓をふたり従え、上段の間に姿を見せた。不機嫌そうに顔をしかめている。まだ四十代半ばだが、病気がちのせいもあってか頬がこけ肌にも艶がなく、妙に老けて見えた。

「殿、お久しゅうございます」

八辺が平伏し、背後に座している工藤と久留米も深く低頭した。

「八辺、その方、謹慎の身ではなかったのか」

重長は背後にいる工藤と久留米にも睨《ね》めるように目をやった。

「お家の大事ゆえ、切腹覚悟で登城いたしました」

八辺は重長を正視して言った。その双眸には、なみなみならぬ強い決意を示すひかりが宿っていた。

重長は八辺の目差に気圧されたように、

「大事とは何じゃ」

と、声を低くして訊いた。

「まずは、これを御覧あれ」

八辺は膝行《しっこう》し、ふところから連判状を取り出して重長に渡した。

重長は不興そうな顔で書面に目をやっていたが、やがて顔に驚きの色が浮き、しだいにこわばってきた。

「それにしても、大勢だな」

重長が、書面から目を離して言った。重職の多くが署名していることに驚き、ことの重大さにあらためて気付いたようだ。

「このままに致さば、垣崎藩は根岸の思うがままになりましょう」

八辺が重い声で言った。

「主膳は、五郎丸が元服するまでの後見人ではないのか」

書面には、主膳が藩主になれば、五郎丸に継がせる気がないことが認めてあった。

重長はまずそのことに、懸念を抱いたようだ。

「主膳さまは、城下の料理屋でしばしば根岸と密談を持ち、書面に認めたようなことを口外しておりました。その件につきましては、料理屋で耳にいたした者たちの口書きもございます。また、主膳さまが城主になったおりには、根岸を城代家老に引き上げ、仕置のいっさいを任せる約定もあるようでございます」

八辺がそう言うと、重長の顔色が変わった。目がけわしくなり、土気色の艶のない肌に赤みがさした。膝先に置いた指先が、怒りで小刻みに震えている。

「何としても、五郎丸さまにお家を継いでもらわねばなりませぬ」

すかさず、八辺が言った。

「わしも、五郎丸をないがしろにする気はない。わしの血を引いた倅じゃからのう」

重長の顔に、わが子をいとおしむような表情が浮いた。

「御意《ぎょい》にございます。……それに、殿はまだまだお若く、五郎丸さまが元服されるまでどころかご成人なされるまで、殿として垣崎藩をお治めいただけるものと存念いたしております」

八辺はもっともらしい顔をして言った。

「八辺、それほどではあるまい」

重長は苦笑した。世辞だとは分かっていたが、悪い気はしなかったらしく、表情がいくぶんやわらいだ。

八辺はいま一押しし、重長を根岸排除の気にさせねばならないと思い、

「辰巳屋から根岸に、多額の不正な金が渡っていることも事実でございます。殿、ここに不正を明らかにする書類がございますれば、ご検分いただけましょうか」

八辺は、風呂敷に包み工藤に持参させた請書や帳簿類を膝先から押し出した。

「いや、それは年寄どもに検証させよう。いずれにしろ、根岸をこのまま放置できぬということだのう」

重長はいっとき虚空に視線をとめていたが、

「八辺」

と、改めて声をかけた。

「その方の蟄居の沙汰《さた》を取り消し、改めて城代家老を命ずるゆえ、五郎丸が家を継げるようとりはからえ」

「承知つかまつりました。……して、根岸はいかようにいたしましょうか」

「しばらく登城を控えさせるがよい。それから、主膳には城へ来るのを遠慮させろ」

「根岸は、それがしと同様、蟄居でございますか」

根岸が登城を控えただけでは、何をするか分からない。鬼頭一門を使って、これからも八辺たちの命を狙ってくるであろう。

「まァ、そうだ」

重長の顔に逡巡するような表情が浮いた。そして、根岸の言い分も聞いてみねばな、と小声で言い添えた。八辺たちだけの言い分を聞いて沙汰を下すのは片手落ちと思ったのかもしれない。

八辺は、重長と根岸を会わせるのは危険だと思った。根岸が何を言い出すか知れなかったし、いざとなれば重長に毒を盛ることさえやりかねない男なのだ。

「殿、根岸が殿のご沙汰に承服いたさず、さらに主膳さまと策謀《はかりごと》をめぐらせるようであれば、討ち取ってもかまいませぬか」

この機に根岸を討ち取らねば、後で後悔することになろう、と八辺は思った。

「うむ……」

　重長は戸惑うように視線を揺らした。気弱な重長は、根岸の命を奪う気にまではなれないのかもしれない。

　すると、黙ってふたりのやり取りを聞いていた工藤が、

「恐れながら、殿、根岸は己の望みを果たすためであれば、手段を選ばぬ男でございます。それがしも、根岸どのにあらぬ罪を着せられ、斬首されるところでございました。いざとなれば、根岸は五郎丸さまにも手を出しかねませぬ」

　と、訴えるように言った。

　重長の顔色が変わった。工藤の話から、五郎丸の暗殺される光景が脳裏をよぎったのかもしれない。

「八辺、根岸がわしの沙汰に従わぬときは、討ち取ってもかまわぬ」

　重長が昂《たかぶ》った声で言った。

第六章　誅殺

1

陽が西にかたむき、杉や檜などの葉叢《はむら》から斜めに射し込んだ陽が、地面に淡い蜜柑《みかん》色《いろ》の縞模様を刻んでいる。林間を渡ってきた風にはひんやりとした湿り気があり、肌寒いほどであった。

三十郎は八辺にしたがって、森野町を根岸の屋敷にむかって歩いていた。以前、三十郎たちが襲撃を仕掛けた鷹ノ森である。

八辺と同行しているのは十三人、工藤、久留米、三十郎、世良、寺田、秋月、黒瀬。それに工藤と久留米が、それぞれの配下から選りすぐった六人の腕の立つ藩士である。

八辺たちが登城した日の午後だった。この日、根岸は重長の命で城から屋敷にもどっていた。その根岸に上意を伝えるために、八辺たちは根岸の許へむかったのである。

「これだけの手勢で、敵の屋敷に乗り込んで仕留めるつもりか」

三十郎が、脇を歩いている工藤に不服そうに言った。

「いや、今日のところは、上意を伝えるだけだ」

工藤が言った。

「それじゃァ、おれたちは、何のためのお供なんだ」

「念のためだ。いくら根岸でも、上意の使者を襲うようなことはあるまい。そのようなことをすれば、兵を出してでも捕らえられ、根岸はおろか一族の者すべてが断罪されよう。根岸もそうしたことは分かっているはずだ」

工藤は自信のある物言いをした。懸念はしていないようである。

「そうかな」

根岸は一筋縄ではいかない男である。上意に対し、根岸がどう思うかにもよるが、その気になれば、殺し方はいくらでもある。屋敷内で殺してから外に運び出し、八辺たちに恨みを持った者たちに襲われたことにしてもいいし、死体を山間にでも運んで埋め、屋敷を出た後行き方知れずになったように装ってもいい。いかに根岸を疑おうと、死者に口なしである。そして、八辺、工藤、久留米がいなくなれば、根岸は一気に権勢を取りもどし、それこそ重長など無視して、強引に主膳を藩主の座につかせてしまうだろう。

「案ずるな。八辺さまには策があってな。今日のところは、根岸も露骨に敵対するようなことはないはずだ」

「ともかく、おれと世良を八辺さまのそばから離すな」

三十郎の頭には鬼頭のことがあった。

鬼頭一門なら屋敷内で八辺、工藤、久留米の三人を暗殺し、密《ひそ》かに死体を運び出して始末することもできるだろう。

「分かった。八辺さまにも伝えておこう」

工藤も三十郎のけわしい顔を見て、油断はできぬと思いなおしたようだ。

根岸の屋敷はひっそりとしていた。根岸も八辺派の動きをつかみ、その対応に追われているはずなのに、物音も話し声も聞こえてこない。それがかえって不気味であった。

八辺の従者のひとりが、門番をしていたふたりの家士に上意の使者として来たことを伝えると、門番は八辺派の来訪は承知していたらしく、すぐに門をひらいた。

表門を入ると、正面に式台を備えた破風《はふ》造りの豪壮な玄関があった。そこにも用人らしい初老の武士が待っていた。

工藤が進み出て上意で来訪したことを伝えると、初老の武士はすぐに一行を玄関脇の書院に通した。

「供の方たちはここでお待ちいただき、八辺さま、工藤さま、久留米さまのお三方だけ奥へおいでいただき、当主に御用の筋をお伝えいただきとうございます」

初老の武士が声を震わせて言った。根岸から、そうするよう命じられていたのであろう。

「お断りいたす」

工藤が毅然《きぜん》とした声で言った。

「ここにいるすべての者が、殿よりの使者役でござる。それゆえ、ひとりも欠けることなく根岸どのとお会いしたい。もし、どうあっても、われら三人としかお会いできぬとあらば、ただちにこの場より退出いたし、根岸さまのお屋敷に出向いたが玄関払いを食った旨を殿に申し上げる所存にござる。そうなれば、謀反《むほん》とみなされますぞ」

「し、しばし、お待ちを」

初老の武士は工藤の剣幕に狼狽《ろうばい》し、慌てて座敷から出ていった。

しばらく、初老の武士はもどってこなかった。根岸が、八辺たちをどう扱っていいか迷っているのであろう。

やがて、廊下で慌ただしい足音がして障子があき、初老の武士が姿を見せた。顔がこわばっている。

「ど、どうぞ、当主がお会いするそうでございます」

初老の武士が声を震わせて言った。工藤に向けられた視線が戸惑うように揺れている。……何かたくらんでるな。

三十郎は察知した。

八辺たちが立ち上がって廊下へ出ようとしたとき、三十郎は八辺に近付き、

「どうも、臭え。八辺さま、おれと世良とで両脇をかためさせてもらうぜ」

三十郎は小声で言ったが、有無を言わせぬ強いひびきがあった。

八辺は足をとめ、逡巡するように工藤に目をやった。すると、工藤がけわしい顔でうなずいた。三十郎の言うとおりにしてくれ、と言っているのだ。

「では、頼む」

八辺は廊下に出ると、三十郎と世良が左右につくのを待ってからゆっくりと歩きだした。

工藤と久留米の脇にも、ふたりずつ腕に覚えの者がついた。襖《ふすま》や障子越しに仕掛けられても、対応できるようにしたのである。

根岸家の屋敷はひろく、廊下の左右にはいくつもの座敷があった。いずれも、障子や襖が立てられていて、なかの様子は見えない。屋敷全体はひっそりとしていたが、人のいる気配はあった。奥の方から、話し声や物音がかすかに聞こえてくる。

……いる！

ひとつ先の左手の部屋で、かすかな衣擦《きぬず》れの音がした。人のひそんでいる気配がする。廊下側は襖だった。襖のそばにいるらしい。

……向かいにもいやがる。

左手の部屋だけではなく、右手の部屋にもいた。右手も襖である。やはり、襖のそばに人のひそんでいる気配がする。

先に立った案内役の初老の武士が急に足を速め、八辺たちと間をとった。

「いるぜ！」

三十郎が声を殺して言った。

世良が無言でうなずいた。世良も殺気だった顔をしている。八辺もすぐに状況を察したらしく、顔がこわばっている。後につづく、工藤たちにも緊張がはしった。

ただ、八辺は歩調をゆるめただけで足をとめなかった。

三十郎は八辺の脇に身を寄せた。襖越しに槍をつかれてもいいように、刀の鯉口を切り、柄に右手を添えていた。世良も同じように八辺の脇にぴたりと身を寄せたまま抜刀体勢を取っている。

殺気がしだいに強まった。左右の座敷に数人ずついるようである。おそらく、鬼頭一門であろう。まず、初手は槍で八辺の命を狙ってくるはずだ。

三十郎は敵がひそんでいるであろう襖から二間ほど手前まで来ると、片手を八辺の前に上げて足をとめさせた。

そして、抜刀体勢を取ったまま右足で、トン、と床を踏み、鋭い殺気を放った。

瞬間、襖の陰で気配が揺れ、かすかに衣擦れの音がした。三十郎の放った殺気に反応し、動いたのだ。

三十郎は足をとめて殺気を放つことで、襖の陰で待ち伏せている者たちに、仕掛ければ襖越しに斬ると告げたのである。

ふいに、左手の座敷の殺気が消えた。おそらく、その座敷に鬼頭がいるにちがいない。鬼頭は、三十郎が殺気を放ったことに気付いたのだ。そして、三十郎たちに気付かれては八辺をこの場で仕留めるのはむずかしいと判断したのであろう。

畳を踏む音がした。襖から身を引いたようだ。すると、右手の座敷の殺気も消えた。右手の座敷にひそんでいた者たちも、状況を察知したにちがいない。

「八辺さま、さァ、奥へどうぞ」

三十郎はニヤリと笑って、右手を前に差し出した。

2

奥の書院のなかほどに、根岸が端座していた。背後に家士と思われる屈強の武士がふたり控えている。ふたりとも緊張した顔をしていた。何かあれば、一命を懸けて根岸を守るつもりでいるらしい。

根岸は羽織袴姿で端座していた。五十がらみ、赤ら顔で目のギョロリとした男である。恰幅がよく、首が太く胸が厚い。どっしりと座した姿に、動揺した様子は見られなかった。

八辺は上座に膝を折った。その両脇に工藤と久留米が座した。上意であれば、当然上座から申し渡すことになる。それに、通常は立ったまま沙汰を読み上げるなり申し渡すなりするのだが、八辺は根岸と対座した。しかも、おだやかな顔をしている。

三十郎たちは座敷に入らなかった。座敷に八辺たち三人しかいないのを見て、三十郎たちは次の間に控えたのである。

「八辺どの、蟄居の身ではござらぬのか」

根岸は口元に嘲笑《ちょうしょう》を浮かべて言った。

だが、目は笑っていなかった。八辺を睨むように見すえた双眸は、敵意と憎悪とに燃えるようにひかっていた。

「今日、殿より蟄居の御沙汰を取り下げていただき、あらためて城代家老を命じられたのだ。それゆえ、今日は城代家老として来ておるのじゃ」

八辺は口元に笑みを浮かべたままおだやかな声で言った。

「それは、めでたいことでござる。それにしても、御城代みずから使者役とは、前代未聞の珍事でございますな」

根岸が揶揄するように言った。たしかに、上意の使者として城代家老が出向くことはまれであろう。

「いやいや、それがしから根岸どのにお伝えしたいこともあってな。殿の許しを得て、こうして出向いたわけだ」

根岸は茶飲み話でもするようなくだけた物言いをした。

「はて、御城代さまのお話とは、何でございましょうな」

「待て、その前に、上意をうけたまわれ」

八辺が声をあらためて言った。

「どうせ、そこもとらが仕組んだ茶番だろうが、上意とあらば、うけたまわろう」

「根岸源太夫、その方、辰巳屋と結託し私利をはかったことはふとどきゆえ、蟄居を命ずる」

八辺は声を強めて言い渡した。八辺は仰々しくならぬようあえて上意書を用意しなかったので、口頭である。

「そこもとらが、殿に讒訴したのであろう。いずれ、殿とお会いし、すべて捏造であることを申し上げるつもりだ」

根岸は憎悪に顔をしかめて言った。

「いずれにしろ、蟄居の身ゆえ屋敷から出ることはかなわぬぞ」

「ところで、御城代も蟄居の身だったはずだが、どうやって殿とお会いしたのでござろうな」

根岸が皮肉を込めて言った。

「わしは、殿に藩のために切腹覚悟で登城したと申し上げたのだ。殿はお心のひろいお方ゆえ、何の咎めもなく赦《ゆる》してくれたのじゃ」

八辺は涼しい顔で言った。

「されば、それがしも切腹覚悟で藩のために登城いたそうかのう」

「やめておけ、そのようなことをいたさば、覚悟どおり切腹を申し渡されるかもしれんぞ」

「それはどうかな。……ところで、御城代、それがしに何か話があるような口振りであったが」

根岸が八辺を見すえて訊いた。

「おお、それそれ、殿は辰巳屋のことより、そこもとが、主膳さまを後見人ではなく垣崎藩の藩主に担ごうとしたことを知り、五郎丸君をないがしろにする策謀だとご立腹なされたのだ。殿はその件を詮議《せんぎ》させ、まことであれば、追ってきつく処罰するとおおせられたのじゃ」

「なんと、追って沙汰があるとな」

根岸の顔に驚きと恐れの色がよぎった。蟄居で済んだのではなく、追ってきつい沙汰があるというのだ。

「そうなれば、切腹はまぬがれまい」

八辺は、上意を伝えた後、このことを話すためにくだけた態度で根岸と接していたのだ。

「うむ……」

根岸の赤ら顔が、どす黒く染まった。大きな目が、困惑するように揺れている。

「わしも、そこもとの切腹までは見たくない。まァ、殿のお怒りを鎮めるためには、そのようなつもりはなかったことを殿に信じてもらうことだな」

そう言うと、八辺は、わしの使者としての役目はこれまでじゃ、と言い置いて、腰を上げた。

これが、八辺の巧妙な策謀だった。話を聞いた根岸は屋敷にこもって重長の処罰を待っているわけにはいかなくなるはずだ。沙汰が下される前に、五郎丸をないがしろにするつもりはなかったと訴え、重長の怒りを解かねばならないのだ。

そのために、根岸は蟄居の刑を破ってでも、屋敷を出て主膳に会って策を講じるなり登城して重長に直訴《じきそ》するなり、何か手を打つはずである。根岸が城を出たときが、根岸を討つ機だった。重長の蟄居の沙汰にしたがわなかったことが明白になり、重長の命によって堂々と根岸を討つことができるのである。

その日、根岸は屋敷を出る八辺たちに手を出さなかった。根岸は、いま八辺を屋敷内で討てば、重長の怒りはさらに強くなり、すぐにも切腹の沙汰が下されるのではないかと危惧《きぐ》したのだ。それにいまは、八辺を討つことより、まず自分の身に降りかかった火の粉を払わねばならなかったのである。

3

根岸が動いたのは、八辺たちが使者に出向いた七日後であった。それまで、根岸の家士や側近の藩士が、しきりに根岸派の重臣の屋敷へ出向いていたが、根岸自身は屋敷から一歩も出なかったし、根岸家を訪ねる重臣もいなかった。表向きは蟄居の沙汰にしたがっているように見えた。

その日、根岸家の見張りについていた寺田が、慌てた様子で工藤家に駆け込んできた。寺田は百姓のような身装《みなり》で、手ぬぐいで頬っかむりしていた。

「工藤さま、根岸が屋敷を出ました」

寺田が息をはずませて言った。

「出たか、それで行き先は」

「分かりませぬ。金森《かなもり》と細川《ほそかわ》が尾《つ》けています」

金森と細川は徒目付で、工藤の配下だった。ここ連日、根岸家の周辺には八人前後の藩士が見張り役で張り付いていた。むろん、根岸家の者や鬼頭一門に気付かれぬよう百姓や行商人などに身を変え、屋敷周辺の森や藪に身をひそめていたのである。

寺田によると、根岸は駕籠で裏門から出たという。供は五人の家士らしき者だけであった。

「すくねえな」

脇でやりとりを聞いていた三十郎が、憮然とした顔で言った。

「根岸を仕留める好機でございます」

そう言って、寺田が目をひからせた。

「気に入らねえな。供まわりがすくなすぎるぜ」

「根岸はお忍びで屋敷を出たのです。大勢の供をしたがえて行くはずが、ないでしょう」

寺田が向きになって言った。

「それで、鬼頭はいたか」

「いません」

「やはりそうか。猿渡峠と同じ手だな」

「どういうことです」

「おれが根岸ならな、どんなことをしても鬼頭だけは連れていくぜ。五人の供のなかにいねえとすると、鬼頭と一門の者は別に出て、根岸の一行を前後でかためていると見ていいな。鬼頭一門だけじゃァねえだろう。根岸の配下から腕の立つやつを集めて、人数を増やしているはずだ。……うかつに仕掛ければ、猿渡峠の二の舞いになるぜ」

三十郎がそう言うと、寺田は顔をこわばらせて息を呑んだ。

「三十郎どのの言うとおりかもしれぬ。だが、この機を逃すことはできぬ」

工藤がけわしい顔で言った。

「それだけの覚悟なら、やるしかねえな」

三十郎も、このまま見逃す手はないと思っていた。根岸だけでなく、鬼頭一門ともいずれ決着をつけねばならないのだ。

「手勢はできるだけ多い方がいいぜ。今度は、おおっぴらに動けるんだ」

三十郎が言った。

「よし、すぐに手を打つ」

このときのために、工藤は配下の目付や徒目付のなかから腕の立つ者を選び、すぐに駆け付けられるよう手配してあった。

工藤の指示で、屋敷内にいた桜井、村越、秋月、寺田、それに家士たちがいっせいに飛び出した。

そこへ、細川が駆け込んできた。

「根岸は、東山町の佐藤《さとう》家に入りました」

細川が肩で息をしながら報《し》らせた。

「佐藤家か」

工藤によると、佐藤は根岸に与している重臣のひとりで、屋敷は家臣の目につきにくい東山町のはずれにあるそうだ。おそらく、そこで何人かの重臣を集めて密談しているのであろう。

「帰りは、おれたちが襲った鷹ノ森を通るのか」

三十郎が訊いた。

「通るはずです。東山町から森野町へ行くには、鷹ノ森のなかの道を使うしかありません」

寺田が昂った声で言った。

「やるなら、そこだな。今度は、真似じゃァねえ。根岸の首を取るんだ」

三十郎は、そこが鬼頭との決着をつける場にもなると思った。

それから、小半刻（三十分）ほどして、二十人ほどの藩士が集まると、

「行くぞ、鷹ノ森へ」

工藤が勢いよく立ち上がった。

追って駆け付けてくる藩士のために、細川を残し、鷹ノ森へ駆けつけるよう言い置

いて座敷を出た。

三十郎が工藤たちにつづいて廊下へ出ると、千勢が立っていた。小刀を帯びた袴姿で、白布の襷をかけている。袴は剣術の稽古袴のようである。千勢は小太刀を遣うと聞いていたが、その稽古のおりに身につけたものであろう。

「どうしたのだ、その格好は」

三十郎が驚いたような顔をして訊いた。仇討《あだう》ちにでも出かけるような勇ましい格好である。

「三十郎さま、千勢も参ります」

千勢は眦《まなじり》を決して言った。

「おれたちといっしょにか」

「はい」

「工藤どのは、何と言ったのだ」

「兄上は、承知してくれました」

千勢はそう言ったが、工藤は出がけに言い争いになるのを避けようとして、邪魔にならぬよう、後ろで見ているだけにしろ、と言い置き、急いで屋敷を出たのである。

「それなら、おれがとやかく言うことはないが、その襷は取れ。目立っていけねえ」

三十郎はそう言って、工藤家を出た。

千勢は三十郎の後ろから懸命に跟《つ》いてきた。

三十郎たちは森野町の根岸家に近い鷹ノ森に着くと、先着していた秋月と寺田が、まだ、根岸たちは屋敷にもどってないことを報《し》らせた。屋敷の周辺に残っていた見張り役から聞いたらしい。

「すぐに、支度をしろ」

工藤の指示で、集まった男たちは戦いの身支度をととのえ始めた。身支度といっても、袴の股だちを取って細紐で襷をかけ、草鞋の紐を締めなおす程度である。千勢も男たちに交じって用意した白布で鉢巻をし、襷をかけた。

しばらくすると、討っ手は三十人ほどになった。いずれも屈強の男たちで、見覚えのある顔が何人もいた。これまでの戦いに、くわわっていた者たちである。

「身を隠せ」

身支度が終わったのを見て、工藤が指示した。

男たちは三手に分かれて、道からすこし森のなかに入った杉の幹や灌木の茂みの陰などに身を隠した。三手に分かれたのは、工藤が三十郎と世良の意見を聞いて立てた作戦を実行するためである。

三十郎たちは、敵は根岸の乗る駕籠の護衛、鬼頭がひきいる一門、それに新たに集めた腕の立つ藩士の三隊とみていた。その敵の三隊と戦うために、味方も三隊に分けたのである。

ただ、工藤たちの目的は根岸を討つことにあり、敵の殲滅ではなかった。そのため、工藤が腕の立つ者十数人を指揮し、一気に根岸の乗る駕籠を攻めて討ち取ることにした。三十郎と世良が別の二隊をひきいて、駕籠の前後から襲ってくるであろう敵の二隊の動きを阻止するのである。

三十郎のそばには寺田と藩士五人がいた。五人の藩士は、いずれも腕の立つ若者である。すこし離れた場所には世良のひきいる一隊がいた。総勢、六人である。

「鬼頭はいるでしょうか」

三十郎に、寺田が訊いた。

「いる。やつは、おれが斬るが、五十両の値打ちはあるな」

鬼頭は五両では安すぎる、と三十郎は思った。

「この場に臨んでも、金ですか」

寺田は複雑な顔をした。敬畏《けいい》と嫌悪の入り交じったような表情である。三十郎の腕に敬畏を感じ、金に拘泥《こうでい》することに嫌悪を感じたのであろう。

「命懸けの仕事だぜ、ただ働きするやつがどこにいる。……それよりな、寺田、おまえに頼みがある」

三十郎が声をひそめて言った。

「なんでしょう」

「あそこに、千勢どのがいるな」

千勢は工藤の背後にいた。兄に、出てはならぬ、と言われたのであろう。一隊から、すこし離れて身を隠していた。

「は、はい」

寺田は千勢の方に顔をむけてうなずいた。顔がかすかに赤らんでいる。

「千勢どのは、兄につづいて斬り込むつもりでいる。根岸の駕籠が近付いたら、おまえ、千勢どののそばにいってな。千勢どのを守れ」

「で、ですが、わたしは……」

寺田は逡巡するように三十郎と千勢を交互に見た。

「千勢どのを人質に取られてみろ。根岸を目の前にして、手も足も出なくなるぞ。やつに逃げられてもいいのか」

「いいえ、根岸は何としても討たねば」

「それなら、千勢どのを守れ。根岸を討つためにも、千勢どのを守るんだ」

「分かりました、千勢どのをお守りします」

寺田の顔がさらに紅潮し、目がかがやいた。寺田としても、千勢の身を守る役は嬉《うれ》しいにちがいない。

4

陽が沈み、鷹ノ森のなかは淡い夕闇につつまれていた。そよという風もなく、静寂が森を支配していた。さっきまで聞こえていた野鳥の鳴き声もとぎれ、近くにひそんでいる男たちの息の音がかすかに聞こえるだけである。

……きた！

ふいに、足音が聞こえた。

三十郎が樹陰から首を出して見ると、道の先に大勢の人影が見えた。十人ほどの武士の集団だった。駕籠はないので、根岸たちの一行ではないようだ。身分のある垣崎藩の家臣が供を連れて通りかかったように見える。

……鬼頭だ！

集団のなかほどに、鬼頭の顔が見えた。高弟の土屋の姿もある。鬼頭一門である。

「後ろから、根岸たちが！」

寺田が声を殺して言った。

見ると、鬼頭たちの半町ほど後ろに、駕籠が見えた。前後に五、六人の護衛がついている。さらに、駕籠の一行からすこし遅れて、供連れの家臣の一行と見える一団があった。これも、根岸派の手勢である。

三十郎の読みどおりだった。猿渡峠とまったく同じ手である。駕籠を襲う者があれば、前後から走り寄って、挟み撃ちにするのである。

……同じ手を、二度も食うか。

三十郎は両袖をたくし上げた。

「後ろの一行に、丹波がいます」

寺田が上ずった声で言った。なるほど、一行のなかほどに猿渡峠で見かけた丹波らしき男がいる。どうやら、猿渡峠のときと同様、丹波みずから一団を率いているようだ。おそらく、丹波は根岸が自邸を出た後、城下のどこかで合流し、佐藤家の密談にもくわわったのであろう。

まず、鬼頭たち一団が近付いてきた。襲撃を警戒しているのか、森に入ってからすこし歩調が遅くなり、周囲に目を配りながら近付いてくる。しだいに、根岸たちとの間がつまってきた。

鬼頭たちが三十郎たちの前を通り過ぎようとしたとき、そばにいた若い藩士が気負って飛び出そうとした。

「まだだ」

三十郎は声を殺して言い、逸《はや》る藩士を制した。

三十郎たちの役割は、鬼頭一門を駕籠に近付けないことにあった。そのためには、鬼頭たちをやり過ごし、駕籠との間に走り込まねばならないのだ。

「行くぞ」

三十郎が杉の幹から飛び出した。そばにいた藩士五人がいっせいに走りだした。寺田だけは、千勢の方へ走った。

三十郎たちにつづいて工藤たちが、さらに世良の一隊が森のなかを疾走した。森の静寂を劈《つんざ》き、大勢の喊声、地を蹴る音、灌木の茂みを分ける音などが林間にひびき渡った。

「敵だ！　根岸さまを守れ」

鬼頭が声を張り上げ、一門の者が反転して背後の駕籠へ走った。

だが、三十郎たちの方が早かった。鬼頭たちの行く手をはばむように、駕籠の前方へ立ちふさがったのである。

「ここは通さねえぜ」

三十郎は猛虎のような目で鬼頭たちを睨みすえた。左手で鯉口を切り、右手を柄に添えて居合腰に構えている。

「こやつにかまうな。駕籠を守れ！」

鬼頭が叫ぶと、一団の前方にいたふたりの男が抜刀し、天衝の構えにとってつっ込んできた。

瞬間、三十郎の体が躍った。すばやい寄り身で、向かってくる左手の男に迫り、斬撃の間境に踏み込むや否や抜き付けた。

左手の男の胴へ横一文字に刀身を払い、次の瞬間には刀身を返し、右手にいる男の肩口へ袈裟に斬撃を浴びせていた。神速の連続技である。

向かってきたふたりの男には、三十郎の太刀筋も見えなかったにちがいない。黒い人影が、飛鳥のように眼前をかすめたように映っただけであろう。

左手の男は、天衝の構えから刀を振り下ろす間もなかった。斬り下ろそうとした瞬間、三十郎に胴を抉られていたのである。

一瞬、男は鬼神でも見たように驚愕に目を剝き、その場につっ立ったが、すぐに上体が前に折れるようにかしいだ。男は呻き声を上げてよたよたと前に歩き、左手で腹を押さえたまま路傍にうずくまった。

右手の男は、咄嗟に天衝の構えから眼前に迫った黒い人影へ斬り込んでいた。だが、この太刀筋を読んでいた三十郎は、その切っ先をかわしざま袈裟に斬り下ろしたのだ。次の瞬間、右手にいた男の肩口から血が噴いた。肩から胸部まで斬り下げられ、ひらいた傷口から截断された肋骨が覗いている。

男は絶叫を上げてたたらを踏むようによろめき、前につんのめるように転倒した。三十郎は一瞬の動きでふたりの男を斃《たお》したのだ。

「十両、追加だ」

三十郎は顔の返り血を、左手の甲でぬぐいながらニヤリと笑った。獲物を銜《くわ》えた野獣のように双眸が炯々とひかっている。

数瞬、鬼頭一門は凍りついたようにその場につっ立っていた。三十郎の手練の迅技《はやわざ》に度肝を抜かれたのである。

「怯むな！　遣えるのはこやつだけだ。駕籠を守れ」

鬼頭が怒号を上げた。頤《あご》の張った剽悍そうな顔が怒りに赭黒《あかぐろ》く染まっている。

「もう、遅えよ」

三十郎は鬼頭の前にゆっくりと歩を運んだ。

この間に、工藤たちがいっせいに森のなかから走り出て、根岸の乗る駕籠を取りかこんだ。このとき、陸尺たちは駕籠を置いて森のなかに逃げ込んでいた。

襲いかかった工藤たち一隊は二十人ほどもいた。駕籠を取りかこんで、一気に方を付けるために人数を多くしたのである。

さらに、工藤たちにつづいて飛び出した世良の一隊が、駕籠へ向かって駆け付けようとした丹波隊の足をとめた。

たちまち、根岸たちは孤立した。駕籠を守るのは、わずか五人の家士である。しかも遣い手たちの多くは、前後から挟み撃ちにするために鬼頭と丹波の隊にいたのだ。

多勢の工藤隊は、駕籠を守る五人の家士ひとりひとりに対し三人ほどで取りかこんでも、まだ五人もあまった。家士たちは必死で抵抗したが、またたく間に斬り伏せられた。

「誅殺《ちゅうさつ》で、ござる！」

若い藩士が甲走った声を発し、刀身を駕籠に突き刺した。

駕籠のなかで喉のつまったような呻き声が聞こえ、駕籠が激しく揺れた。若い藩士が刀身を引き抜くと、駕籠の扉があき、根岸が転がり出た。肩口を刺されたらしく、着物が血に染まっている。

根岸は、ヒイヒイと悲鳴を上げながら地面を這って逃れた。その背後から、工藤が追いすがり、

「根岸、覚悟！」

叫びざま、背中から刀身を突き刺した。

一瞬、根岸はのけ反るように背筋を伸ばして動きをとめたが、喉の裂けるような悲鳴を上げ、なおも這って逃れようとした。

工藤が根岸の背から刀身を引き抜くと、傷口から血が迸《ほとばし》り出た。見る間に根岸の背を蘇芳色に染めていく。

根岸は一間ほど這ったところで、ふいに動きをとめ、顎から前につっ込むように腹這いになった。根岸は伏臥《ふくが》したまま低い呻き声を洩らして身をよじっていたが、すぐに動かなくなった。絶命したようである。

千勢は駕籠の後方にいた。そのとき、丹波隊からひとりの藩士が駕籠へ向かって走ってきた。行く手をはばんでいた世良隊の間を切り抜けてきたらしい。

「ここは、通しませぬぞ！」

千勢は甲走った声で叫び、藩士に小刀をむけたが、気が異常に昂っているらしく顔が蒼ざめ、目がつり上がっている。

千勢のそばにはふたりの味方がいて、藩士に切っ先をむけたが、駆け付けた藩士が千勢と対峙したため、左右に身を引いた格好になった。

その様子を見た寺田が、

「千勢どの、ここはそれがしが」

そう言って、強引に千勢の前にわり込むように立った。寺田にすれば、我が身を楯にしても千勢を守りたかったのである。それに、敵の藩士は頑強そうな体軀の主で、剣の腕も立つようだった。

「そこをどけ！」

敵の藩士は怒声を上げた。

ちょうどこのとき、工藤隊の若い藩士が駕籠に刀を突き刺そうとしていたのだ。

「どかぬ！」

寺田は青眼に構えて、敵の藩士との間合をつめた。

千勢も脇から、敵に迫っていく。

敵の藩士は寺田との間がつまると、青眼から八相に構えなおし、鋭い気合を発して袈裟に斬り込んできた。膂力のこもった剛剣である。

オオッ！ と声を上げ、寺田が敵の刀身をはじいたが、敵の強い斬撃に押され、一瞬腰がくだけてよろめいた。

すかさず、敵の藩士は寺田に二の太刀を浴びせようとした。そのとき、千勢が小刀を突き出し、脇から飛び込んだ。寺田の危機を見て、咄嗟に反応したにちがいない。

「小娘が！」

敵の藩士が身をひねりざま、片手で刀を横に払った。

その斬撃が、突き出した千勢の小刀をはじき、さらに着物の肩口を裂いた。

アッ、と声を上げ、千勢がよろめいた。だが、千勢の肩先に血の色はなかった。裂かれたのは着物だけのようである。

敵の藩士はすぐに体勢をたてなおし、ふたたび寺田と対峙しようとしたが、この一瞬の隙を寺田がとらえた。寺田は踏み込みざま袈裟に斬り込んだ。

敵の藩士の首根から、血が驟雨のように噴出した。寺田の切っ先が敵の首筋をとらえ、血管《ちくだ》を断ったのである。

敵の藩士は悲鳴も上げず、血を撒きながら腰から沈み込むように倒れた。

「し、仕留めた……」

寺田は目を剝き、荒い息を吐きながらその場につっ立っていた。敵の血飛沫を浴びた顔が、赭黒い斑《まだら》になっていた。そばに立っている千勢にも血飛沫が降りかかり、白鉢巻と白皙《はくせき》を蘇芳《すおう》色に染めている。

5

「鬼頭、始末がついたようだぜ」

三十郎が言った。根岸が工藤たちに仕留められるのを目の端でとらえたのである。しかも、駕籠を取りかこんでいた工藤隊の者たちが二手に分かれ、鬼頭一門と丹波の率いる一隊に向かっていっせいに駆け寄っていた。

「おのれ！　素浪人」

鬼頭は怒りの声を上げ、刀身を振り上げた。

八相から刀身を垂直に立て、切っ先で天空を衝くように構えた。天衝の構えだが、鳥谷の構えより高く大きく見えた。背丈のせいもあるが、腰をあまり沈めなかったからである。

大樹のような大きな構えだった。頭上からおおいかぶさってくるような威圧がある。

……できる！

さすがに、道場主の鬼頭だけのことはある。鬼頭の構えは気魄がみなぎり、威風さえあった。

三十郎は脇構えに取った。鳥谷と対戦したときと同じ構えである。

ふたりの間合はおそよ五間。遠間《とおま》で対峙したまま、両者は数瞬身動ぎもせず、敵を凝視していた。

ふいに、鬼頭の両肘《りようひじ》が伸び、構えた刀身がさらに高くなった。

と、鬼頭が疾走した。

イエッ！

鬼頭流独特の甲高い気合を発し、鬼頭が一気に間合をせばめてきた。

迅《はや》い！　鳥谷の寄り身よりはるかに迅かった。三十郎の目に、鬼頭の構えた刀身が頭上から迫ってくるように見えた。まさに、天空から斬り下ろされるような錯覚が生じた。一瞬、三十郎の身が竦んだ。天衝の構えの威圧に呑まれたのである。

鬼頭は一気に斬撃の間に迫ってきた。

……受けられぬ！

と、三十郎は察知した。

鋭い気合を発し、鬼頭が真っ向へ斬り込んできた。瞬間、三十郎は背後に跳んだ。咄嗟の反応である。

刃唸《うな》りがし、鬼頭の切っ先が三十郎の鼻先を流れた、と感じた次の瞬間、三十郎の膝先で、刀身がひかった。鬼頭が斬り下ろした刀身を峰に返したのである。

刹那、三十郎は身を引きざま上半身を後ろへ倒した。

真っ向から逆袈裟へ。鬼頭の一颯《いっさつ》が、三十郎の脇腹から胸へ伸びてきた。前に踏み込みながらの連続技である。

三十郎の着物の脇腹が裂け、かすかに血の色があった。

だが、浅く皮肉を裂かれただけである。一瞬、三十郎が後ろへ身を倒したため、斬撃を浴びずにすんだのだ。

「やるじゃァねえか」

三十郎はニヤリと笑った。だが、双眸は笑っていなかった。猛虎のような目で鬼頭を見すえている。

「次は、きさまの頭をたたっ斬る」

鬼頭が低い声で言った。

「頭を斬られる前に、鬼の首を取ってやるぜ」

三十郎は脇構えに取った。

鬼頭の連続技は、鳥谷が天衝の構えから連続して二の太刀をふるったのと似ていた。はるかに鬼頭の方が鋭く、かつ迅いが、太刀筋が分かっていれば、かわせないことはない。

「行くぞ」

鬼頭が天衝の構えに取り、地をすべるように身を寄せてきた。

頭上からおおいかぶさってくるような威圧がある。三十郎は気を鎮めて、鬼頭が斬撃の間境に迫るのを待った。

鬼頭の全身から痺れるような殺気が放射され、一気に斬撃の間境に迫った。

刹那、鬼頭の構えに斬撃の気が疾《はし》った。

……来る！

と、感知した瞬間、三十郎は身を引きざま脇構えから逆袈裟に斬り上げた。

ほぼ同時に鬼頭は天衝の構えから、真っ向へ斬り込んできた。

キーン、甲高い金属音がひびき、ふたりの刀身がはじき合った。

だが、鬼頭の真っ向への斬撃は剛剣だった。一方、三十郎の逆袈裟は、身を引きながらの斬撃である。そのため、大きくはじかれたのは三十郎の刀だった。だが、三十郎はこうなることを読んでいた。三十郎の逆袈裟は鬼頭の寄り身をとめ、二の太刀を遅らせるための捨て太刀だったのである。

三十郎はすばやく刀を引き、八相に構えるや否や胴へ斬り込んだ。引いた左足で地を蹴り、前に踏み込んだのである。居合の抜きつけに似た神速の一刀だった。

鬼頭は二の太刀をふるわず、天衝の構えに取ろうと両腕を上げた。

そこへ、三十郎の渾身《こんしん》の一刀が入った。

サバッ、という濡れ畳でも斬ったような音がし、鬼頭の腹が横に深く裂けた。

咄嗟に、鬼頭は上体を前に折るように屈めたが、両腕は刀を握ったままだった。鬼頭は顔を憤怒にゆがめ、低い獣の唸るような呻き声を洩らした。鬼頭の腹部から臓腑が覗いている。

「おのれ！」

鬼頭は左手で腹部を押さえ、右手で刀を振り上げて迫ってきた。

「往生際の悪い鬼だぜ」

言いざま、三十郎は刀身を一閃させた。

切っ先が、迫ってきた鬼頭の首を横に掻き斬った。ビュッ、と音をたてて、鬼頭の首筋から血が赤い帯のように飛んだ。首の血管から噴出したのである。鬼頭は血を撒きながら、朽ち木でも倒れるように転倒した。

6

「始末が、ついたようだな」

三十郎は、頬に浴びた返り血を指先でぼりぼり掻きながら周囲に目をやった。戦いは終わっていた。淡い夕闇のなかに、血の臭《にお》いがただよっている。路傍や森の下草のなかに男たちの死体が、幾体もころがっていた。根岸と丹波、それに鬼頭をはじめとする一門の多くの者が横たわっているようだ。

立っているのは、工藤をはじめとする八辺派の男たちである。斬殺をまぬがれた根岸派の者は、この場から逃げたらしい。

三十郎が周囲に目をやっていると、工藤や千勢たちが歩み寄ってきた。

「鬼頭を仕留めたな」

工藤が横たわっている鬼頭に目をやりながら言った。

「そっちも、根岸と丹波を仕留めたようだな」

「やっと、奸臣《かんしん》を誅殺することができた」

工藤の顔には、安堵の色があった。

「これで、おれの出番も終わったようだ」

三十郎は、工藤の脇に立っている世良に目をやり、やはり、おぬしはここに残るのか、と訊いた。

「そのつもりだ」

世良の顔にも返り血がついていた。

「当然だな。そのつもりで、あぶない橋を渡ってきたのだからな」

三十郎は、世良ならいい家臣になるだろうと思った。

「おぬしはどうする」

世良が訊いた。

「だいぶ、涼しくなった。上州か武州へでも行くか」

三十郎がそう言ったとき、工藤の後ろに立っていた千勢が、思いつめたような顔をして三十郎の前に出てきた。

「なんてえ顔をしてる。それじゃァ、鬼も逃げ出すぞ」

三十郎は千勢の血染めの鉢巻や思いつめたような顔を見て、苦笑いを浮かべた。せっかくの美形も台無しである。

「三十郎さま」

千勢が三十郎を見つめて言った。

「なんだ」

「この国に、残ってください」

「残れだと」

三十郎が聞き返した。

「はい、三十郎さまは、千勢の命の恩人です。あやういところを二度も助けてくれました。千勢は、三十郎さまに恩返ししたいのです」

千勢は懸命に訴えた。三十郎を見つめた目には、切なそうな色があった。

三十郎は千勢の思わぬ訴えに戸惑ったが、いつもの憮然とした顔になって、

「千勢どの、おめえの命の恩人はおれじゃァねえ。そこにいるだろう、顔が赭く染まっている男だ」

と言って、千勢の脇に立っている寺田を指差した。

千勢は寺田を振り返り、血にまみれた寺田の顔をまじまじと見た。寺田はさらに顔を赤くして目をしばたたかせている。

「おっ、そうだ」

三十郎が、何か思いついたように声を上げた。

そして、千勢から離れて工藤の前に行くと、

「工藤どの、財布を持ってきてるか」

と、訊いた。

「持っているが」

工藤が怪訝な顔をして、ふところから財布を取り出した。

三十郎は、見せてみろ、と言って、工藤から財布を取り、なかを覗いていたが、

「大目付ともあろう者が、案外しけてるな」

そう言って、財布から一両だけつまみ出した。

「おれの取り分は、五十両ほどあるはずだが、仕方がない。残りの四十九両は、ふたりの祝儀の餞《はなむけ》にくれてやる」

三十郎は一両をふところにしまうと、呆気にとられて立っている工藤や千勢たちに背をむけて歩きだした。

暮色が鷹ノ森のなかの道をつつんでいた。懐手した三十郎の後ろ姿が、夕闇のなかに消えて行く。

本書はハルキ文庫（時代小説文庫）の書き下ろしです。

本作品は、一九六一年公開映画『用心棒』（黒澤明監督作品）を原案として、オリジナルストーリーを書き下ろしたものです。

時代小説文庫

と 4-12

血戦《けっせん》 用心棒《ようじんぼう》 椿三十郎《つばきさんじゅうろう》

著者 鳥羽《とば》 亮《りょう》

2007年10月18日第一刷発行

発行者 大杉明彦

発行所 株式会社 角川春樹事務所

〒101-0051 東京都千代田区神田神保町3-27 二葉第1ビル

電話 03(3263)5247[編集] 03(3263)5881[営業]

印刷・製本 中央精版印刷株式会社

フォーマット・デザイン＆シンボルマーク 芦澤泰偉

ISBN978-4-7584-3311-2 C0193

http://www.kadokawaharuki.co.jp/[営業]

fanmail@kadokawaharuki.co.jp[編集] ご意見・ご感想をお寄せください。

時代小説文庫

剣客同心 鬼隼人

鳥羽 亮

書き下ろし

日本橋の米問屋・島田屋が夜盗に襲われ、二千三百両の大金が奪われた。八丁堀の鬼と恐れられる隠密廻り同心・長月隼人《ながつきはやと》は、奉行より密命を受け、この夜盗の探索に乗り出した。手掛かりは、一家を斬殺した太刀筋のみで、探索は困難を極めた。そんな中、隼人は内与力の榎本より、旗本の綾部治左衛門《じざえもん》の周辺を洗うよう協力を求められる。だが、その直後、隼人に謎の剣の遣い手が襲いかかった——。著者渾身の書き下ろし時代長篇。

（解説・細谷正充）

七人の刺客 剣客同心鬼隼人

鳥羽 亮

書き下ろし

刃向かう悪人を容赦なく斬り捨てることから、八町掘の鬼と恐れられる隠密廻り同心・長月隼人。その隼人に南町奉行・筒井政憲より、江戸府内で起きた武士の連続斬殺事件探索の命が下った。斬られた武士はいずれも、ただならぬ太刀筋で、身体には火傷の跡があった。隼人は、犯人が己丑の大火の後に世間を騒がせた盗賊集団世〝世直し党〟と関わりがあると突き止めるが、先には恐るべき刺客たちが待ち受けていた……。書き下ろし時代長篇、大好評シリーズ第二弾。

（解説・細谷正充）

時代小説文庫

鳥羽 亮

死神の剣 剣客同心鬼隼人

書き下ろし

日本橋の呉服問屋・辰巳屋が賊に襲われ、一家全員が斬り殺された。八丁堀の鬼と恐れられる南町御番所隠密廻り同心・長月隼人は、その残忍な手口を耳にし、五年前江戸を震え上がらせた盗賊の名を思い起こす。あの向井党が再び現れたのか。警戒を深める隼人たちをよそに、またしても呉服屋が襲われ、さらに同心を付狙う恐るべき剣の遣い手が——。御番所を嘲笑う向井党と、次々と同心を狩る『死神』に対し、隼人は、自ら囮となるが……。書き下ろし時代長篇、大好評シリーズ第三弾。(解説・長谷部史親)

鳥羽 亮

闇《やみ》鴉《がらす》 剣客同心鬼隼人

書き下ろし

闇に包まれた神田川辺で五百石の旗本・松田庄左衛門とその従者が何者かに襲われ、斬殺された。八丁堀の鬼と恐れられる隠密廻り同心・長月隼人は、ひと突きで致命傷を負わす傷痕から、三月前の御家人殺しとの関わりを感じ、探索を始める。だが、その隼人の前に、突如黒衣の二人組が現われ、襲い掛かってきた。剣尖をかわし逃げのびた隼人だったが、『鴉』と名乗る男が遣った剣は、紛れもなく隼人と同じ「直心影流」だった——。戦慄の剣を操る最強の敵に隼人が挑む、書き下ろし時代長篇。(解説・細谷正充)

時代小説文庫

鳥羽 亮

闇地蔵

剣客同心鬼隼人

書き下ろし

江戸府内の日本橋川で牢人の死骸が見つかった。首皮一枚だけを残した死骸は、凄まじい剣戟の痕を語るものだった。八丁堀の鬼と恐れられる南御番所隠密廻り同心・長月隼人は、その手口から、半月前の飾り職人殺しとの関わりに気付き、探索を始める。やがて、二人が借金に苦しめられていたことが判明し、『闇地蔵』なる謎の元締めの存在を聞きだすが……。隼人に襲い掛かる〈笑鬼〉と呼ばれる刺客、そして『闇地蔵』とは何者なのか⁉　大好評、書き下ろし時代長篇。

鳥羽 亮

刺客 柳生十兵衛

三代将軍家光の治世、幕府総目付・柳生宗矩《むねのり》の一行が、下城の際何者かに襲われた。将軍家の指南役の江戸柳生に刃向かう者とは？　御三家筆頭の尾張に不穏な動きを察知した宗矩は、幕府隠密である裏柳生を柳生十兵衛三厳《みつよし》に任せ、動向を探らせる。やがて、幕府転覆を企む尾張藩主・松平義直と背後で暗躍する尾張柳生が浮かび上がるが……。尾張柳生を率いる兵庫助の目的は⁉　幕府隠密・裏柳生の存亡を賭け、十兵衛の殺戮剣が迎え撃つ！　傑作長篇時代小説。

（解説・細谷正充）

時代小説文庫

鳥羽 亮

非情十人斬り 剣客同心鬼隼人

書き下ろし

大川端で二人の武士が何者かに襲われ、斬殺された。定廻り同心が駆けつけるも、死体は殺された武士の家中によって持ち去られてしまう。只ならぬ事件であったが、主《あるじ》持ちの武士に町方は手出しができなかった。だが数日後、奉行所に呼び出された隠密同心・長月隼人は、殺された武士の石垣藩の内偵を命じられる。幕府からの密命は、先の斬殺事件と関係があるのか？　やがて、隼人は石垣藩がかかわったある事件に辿り着くが……。隼人の剣が巨悪を裁く、書き下ろし時代長篇。

鳥羽 亮

弦月の風 八丁堀剣客同心

書き下ろし

日本橋の薬種問屋に賊が入り、金品を奪われた上、一家八人が斬殺された。風の強い夜に現れる賊――隠密廻り同心・長月隼人は、過去に江戸で跳梁した兇賊・闇一味《くらやみ》との共通点に気がつく。そんな中、隼人の許に綾次と名乗る若者が現れた。綾次は両親を闇一味に殺され、仇を討つため、岡っ引きを志願してきたのだ。綾次の思いに打たれた隼人は、兇賊を共に追うことを許すが――。書き下ろし時代長篇。

時代小説文庫

曽田博久

万両剣 新三郎武狂帖

書き下ろし

柘植新三郎が居候する富美豊の屋敷に、若い娘が三味線の弟子入りにやってきた。名を多恵といい数えで十八歳。甲州から行儀見習いに来ているのだという。そんなある日、何者かに襲われている多恵を新三郎が助けた。そのとき多恵は自分をみるなり「柘植様」といったのである。以前から自分を知っていたとしか思えない反応に新三郎は不審な思いを抱く。娘の狙いは何なのか？　二十歳にして武芸十八般に目録を得た貧乏御家人の三男坊、新三郎の活躍を描く、待望の書き下ろしシリーズ第二弾！

鳥羽 亮

用心棒 椿三十郎

書き下ろし

関八州を渡り歩き、流浪の旅を続ける椿三十郎は、荒れた宿場町に辿りついた。目に付くのは、疲れ果てた農民と目を血走らせた浪人ばかりである。居酒屋の権爺から話を聞くと、どうやらこの宿場では、二つの勢力が争いをし、絹市すら立たないらしい。清兵衛と丑寅の争いに目をつけた三十郎は、町を腐らせている元凶を絶つ為、用心棒として自分を売り込むが……。己の剣術と知略で敵に立ち向う三十郎の命運はいかに!?　黒澤明監督作品『用心棒』を完全ノベライズ。書き下ろし時代長篇。